JN063152

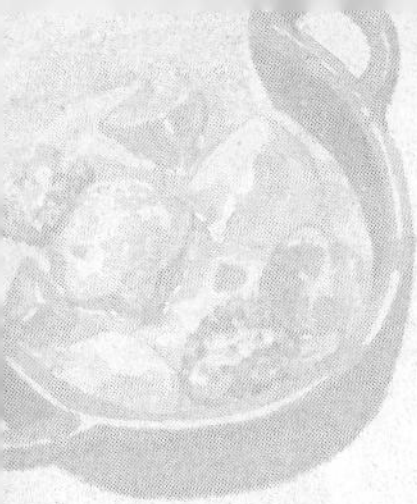

目　CONTENTS　次

初めて作った
クリームシチュー

The first Cream stew
I made

――ニンジン、タマネギ、そしてジャガイモを買わなくちゃ。

彩《いろど》りにブロッコリーも欲しい。バターは彼の部屋の冷蔵庫にまだ残っていたし、牛乳と小麦粉は常備してあるから問題ない。ということは、買わなきゃいけないものは野菜と鶏肉だ。

私はうんと頷《うなず》き、またひとりで歩き出す。

それにしても、普段より体が重い。そのせいか、いつものスーパーへの道のりがひどく遠く感じた。残業が続き、疲れが溜まっているのか。

店は駅から三分もしないところにあるはずなのに、十分経っても一時間経っても何も見えない。辺り一面が濃い、真珠《しんじゅ》を溶かしたような霧《きり》で覆《おお》われていた。

「あら……?」

ふと違和感を覚えて立ち止まる。

いくらなんでもこんなに時間がかかるのはおかしい。道に迷ってしまったのだろうか。なら、一体ここはどこなの？

スマホを求めて慌てて手元を見る。ＧＰＳ機能で現在地がわかるはずだ。だけど、愛用しているバッグがない。

「そんな……」

盗まれたのかとパニックになりかけ、口を押さえた。手元にないものはバッグだけではない、と気付いたからだ。

あれ？　私は何をしようとしていたのかしら？　そう、彼のアパート近くのスーパーへ行って、野菜と鶏肉を買おうとして……

ところが、なんのための買い物だったのかが思い出せない。私は絶句した。とても大切なことだったのに。それどころか、彼や自分が誰なのかすら、わからない。

突然記憶を失くすだなんて、どういうことなの？

混乱し、助けを求めて人の姿を探したものの、立ち込める霧《きり》以外に見えるものはない。とにかく誰か見つけなければと、私は足を動かした。

それからどれだけの時が過ぎたのだろう。体が重いまま何時間も歩き続けているのに、不思議と疲れを覚えない。

代わりに不安がどんどん募《つの》って限界に達した頃――奇妙な建物が霧《きり》の中に忽然《こつぜん》と現れた。

明治？　大正？　そういった時代を想起させる赤レンガの壁に、年月の経過を思わせる木造りの扉、バランスのいい三角屋根の一軒家だ。屋根のてっぺんでは風見鶏《かざみどり》が回っている。

唐草の装飾が施《ほどこ》された鉄製の門には、横長の看板が掛けられていた。

そこには、「神さまのレストラン」と浮き彫りになっている。

「神さまの……レストラン？」

ふたつの単語がうまく結びつかない。神様がお客様のレストランだなんておかしいし、神様レベルの料理を提供する雰囲気でもない。

といっても、今はそんなことを気にしている場合ではない。人がいるなら道を聞こうと、私は門を潜《くぐ》りレストランの扉を開けた。

カランカランと懐かしさを感じるベルの音が聞こえる。

「いらっしゃいませ」

中はレトロな造りの老舗《しにせ》風のレストランだった。床は何年にも亘《わた》ってニスで磨き込まれた琥珀色《こはくいろ》。テーブルや椅子といった家具も同じ色をしている。テーブルクロスやナプキンは真っ白で清潔感があり、置かれたワイングラスには曇《くも》りひとつない。

「あの……すいません――」

ここはどこ、私は誰、だなんて言おうものなら、病院に連れていかれるかもしれない。次に何を言うべきなのかを迷って入り口で立ち尽くす私の前に、ひとりの男性がすっと進み出てきた。

　古めかしい丸い眼鏡をかけていて、すっきりと整った顔立ちの痩《や》せた人だ。髪は丁寧に撫《な》でつけられている。年齢は三十代後半くらいだろうか。アイロンのしっかりかかった純白のシャツに、漆黒《しっこく》のスーツと蝶《ちょう》ネクタイが素敵だ。服装からしてここのオーナーなのかもしれない。腕に抱えている革張りの冊子はメニューのようだ。

　彼は軽く頭を下げて唇の端を上げる。穏やかな、人を落ち着かせる微笑《ほほえ》みだった。

「いらっしゃいませ。桜井春香《さくらいはるか》様ですね。お待ちしておりました。私は当店オーナー、鏡《かがみ》と申します」

「さくらい、はるか……？」

　呆然と繰り返すのと同時に思い出す。

　そう、私は桜井春香だった。もうすぐ二十八歳になる。

　やっと身元がわかって胸を撫《な》で下《お》ろす。でも、名前と年齢が判明しても、今日までどう暮らしていたのかは不明だ。

　私は仕方がなくオーナーに事情を説明した。

「あの、私、ここに予約を入れていたんでしょうか？　すいません。覚えがないんです」

オーナーはゆっくり首を横に振って私を見つめる。

「いいえ、予約はされておりません。ですが、こちらにいらっしゃるということは存じておりました。少々迷われていたようでしたが……」

「……?」

私はこのレストランの常連だったのかしら。それにしても、なぜオーナーは私が道に迷ったことまで知っているのだろう。

オーナーはすっと腕を上げると、「どうぞ」と私を奥へ導いた。

「とりあえず、お席へご案内いたします。腰を掛ければ落ち着くでしょう」

私は躊躇《ためら》いながらも彼についていく。

店内は私以外の客がいなくて、がらがらだ。ちょっと雰囲気のあるレストランだから、女の子や主婦が入っていてもいいはずなのに。

やがて、オーナーが立ち止まり椅子を引いてくれた。

「では、こちらのお席にお掛けください」

案内された席は奥のふたり掛けのテーブル席だ。真ん中には小さく丸いガラスの器《うつわ》が置かれていて、中の水に色とりどりの花が浮いている。

少しリラックスして座ることができた。

「……可愛い」

ひとりで来るのはもったいない。彼と一緒だったらよかったのに。でも、彼はきっと牛丼屋や家で食べるほうがいいに違いない。こんなレストランの料理じゃ量が足りないって言いそう。

そこまで考えた私は、シミひとつないテーブルクロスに目を落とした。

そう、彼は、食事は質より量というタイプだ。嫌いなものがなくて、いつもお代わりをしていた。仕事も営業で体力勝負だったから。それから……それから……それから……

必死に記憶を手繰《たぐ》り寄せようとしていると、オーナーが胸に手を当てて軽く頭を下げた。

「ようこそ、あの世とこの世の間、神さまのレストランへ」

「……あの世とこの世の間？」

思いがけない言葉にオーナーを見上げる。

彼は小さく頷《うなず》き入り口に目を向けた。

「ええ、こちらへお招きできるお客様は限られております。肉体を失い、魂《たましい》だけの存在となりながらも、今生への未練があって輪廻《りんね》の輪に戻ることができない……。そうした方が辿《たど》り着《つ》くレストランです」

「……魂《たましい》だけの存在？」

今生への未練？　輪廻《りんね》の輪？

聞き慣れない言葉に戸惑《とまど》う。

この人は一体何を言っているのだろう。まるで私が死んでしまったようだ。

「やはり、覚えていらっしゃらないみたいですね」

オーナーは私の目をじっと見つめる。眼鏡の奥の瞳は、いくつもの喜びや悲しみを見つめ、すでに自分の人生の意味を悟ったような、静かで落ち着きのある光を湛《たた》えていた。こんな目をする人を私は他に見たことがない。

「桜井様、あなたはあなたとしての一生を終わらせなければなりません。終わりがないと新たな生も始まらない」

オーナーの眼差《まなざ》しを受け止めるうちに、目の前がテレビのブロックノイズのように乱れる。数秒後、バラバラになっていた私の記憶が繋がっていき、脳裏にあの日の出来事を描き出した。


――私はスーパーマーケットへ向かう道を歩いていた。

風が強く、まとめた髪が乱れたので、その場に立ち止まって直そうとしたのだ。そのとき、後ろからおばさんふたりの声が聞こえた。

『え、ちょっと、あれ、危ないんじゃないの』

『あら、ほんとね。ビルの管理人はどこよ？』

何事かと振り返り、おばさんたちの視線を追う。私の頭上十メートルほどの高さに設置されている看板が、風に煽《あお》られゆっくりと左右に揺れているのが見えた。確かビルの四階にあった、もう閉店したマッサージ店のものだった気がする。

危ないな。早く撤去すればいいのに。そう眉を顰《ひそ》めた直後、左手に握っていたスマホにメッセージが入る。私はその場に立ち止まり画面に目を落とした。

ところが、肝心のメッセージを見る前に、ガタンと不吉な音がする。あの看板が真っ逆さまに落ちてきたのだ。

『えっ……』

何が起こったのかと顔を上げるのと、おばさんたちの悲鳴が響き渡るのは同時だった。

『きゃああっ……危ない!!』

目の前に「もみほぐし」の大きな文字が迫ってくる。それが、私が最後に見た光景だった。

「……っ」

両手で口を押さえてテーブルクロスに目を落とす。

これは何かの間違いか、悪い夢だ。私が死ぬだなんてありえない。目を覚ましたら病院にいて、事故に遭《あ》って救急車で運ばれたのよと、看護師さんが説明してくれるはずだ。

動揺して席を立った次の瞬間、私は恐ろしい事実に気付く。

「……!!」

恐る恐る胸に手を当てる。こんなに怖い思いをしているのに、まったくドキドキしていない。それどころか、動いている気配もない。

当てた手も冷たく体温がなかった。生きている人間の体ではないのだ。

「そ、んな」

再び座り込んだ私の前に、ハンカチが差し出される。

「こちらをどうぞ」

お礼も言えないまま、私はそれを受け取り口に当てた。

「記憶や肉体の感覚とは曖昧《あいまい》なものです。寝たきりとなった老人が歩き方を忘れるように、死者はどう生きていたのかを忘れてしまう」

「……っ」

「そうして自我を失い、輪廻《りんね》に戻り、新たな生を得る。これが本来の死のあり方です」

なら、今ここにいる私はどうして自我があるのだろう。記憶を失ってはいても、自分なのだとはわかる。オーナーが私の心を読んだみたいに答えた。

「あなたには未練があるからです。この世に留《とど》まりたいと願うほどに強い思いが」

「未練……？」

私は首を傾《かし》げた。

「はい。ですが、そのご様子ですと、亡くなられた衝撃でお忘れでしょう。このレストランに招かれたお客様には、よくあることです」

そんなことを言われてもわからない。

オーナーはさらに言葉を続けた。

「思い出し、未練を昇華させなければ、魂《たましい》はこの世とあの世を彷徨《さまよ》い続け、いずれ地縛霊となってしまいます。実際、あなたはすでにそうなりかけている」

オーナーの視線を追い足下に目を落として息を呑む。膝から下を真っ黒な影が覆《おお》っていた。体が重かったのはこのせいだったみたいだ。

「一度地縛霊となると魂《たましい》が変質し、元に戻るのに長い、長い時間がかかります。場合によっては、魂《たましい》がすり減った挙句、消滅してしまう」

消滅という言葉に本能的な恐怖を覚える。それこそ魂《たましい》の奥から震えが走った気がした。

「じゃ、あ、どうすればいいんですか」

私はハンカチを握り締める。

「私、何もわからなくて……未練なんて……思い出せません……」

わかっているのは自分の名前と、野菜と鶏肉を買おうとしていたこと。そして誰か大切な人がいたという想いだけだ。

すると、オーナーは脇に挟んだメニューをこちらへ差し出した。またあの穏やかな微笑《ほほえ》みを見せてくれる。

「そのような事態を防ぐのが私の役目です」

一生を終わらせるためのレストラン――

「死に神みたいね……」

私は革張りのそれを受け取った。

「でも、どうしてレストランなんですか？」

オーナーは瞼《まぶた》を閉じ歌うように語る。

「食べることは生きることだからですよ。少なくとも、かつての私にとってはそうでした。このレストランは、そうした食事の記憶を提供する場所です」

人は生まれ落ちてオギャアと泣いたあと、母乳を口にするところから始まり、一生食事をして生きていく。

男も、女も、大人も、子どもも、悪人も、善人も、美味《おい》しいもの、不味《まず》いもの、好きなもの、嫌いなものを、家族と、伴侶と、友だちと、同僚と、ときにはひとりで食べる。

恋をしたことがなくても、食べたことのない人間はいない。そうした食事の思い出は一生を形作る、人生になくてはならない要素だ。

「人ならざる身となり、水すら必要なくなった今、尚さら食事は、人生とは素晴らしいものだと実感させてくれます」

人ならざる身と聞いて、私はオーナーを見上げる。オーナーはそんな私に、悲しみにも優しさにも似た光を湛《たた》えた、あの眼差《まなざ》しを向けた。

「では、ご注文をどうぞ」

「で、でも……」

ご注文をと言われても何を頼んだらいいのかわからない。

「そこに、あなたの望むものが書かれているはずです」

「……」

私は緊張しながらメニューを開く。中から暖かい風が吹き、ふわりと髪を舞い上げる。同時に、七色の光が飛び散った。

クリーム色の紙はまっさらで、肝心の料理名がどこにも書かれていない。どういうことなのかと目を瞬《またた》かせていると、どこからか聞き慣れた声が聞こえた。

『……るか、なあ、春香、あれ作って。ほら、あれ』

思わず辺りを見回す。けれども、オーナーと従業員以外、誰もいない。

そんな。今確かに彼の声が聞こえたのに。

ううん、違うと、私は目を見開いた。今の声は店の中ではなく、私の心から聞こえたんだ。

ああ、そうだ、そうだった。私があの日スーパーに行こうとしていたのは――

「ご注文はお決まりですか?」

私はオーナーを見上げてそう言った。

「クリームシチュー……」

「クリームシチューをお願いします。あの日、彼に作ってあげるつもりだったんです」

それは、私が初めて彼に作った料理でもあった。

◇◆◇◆◇

――亮介《りょうすけ》のプロポーズはちっともロマンチックじゃなかった。

ふたりとも急に仕事が忙しくなり、なかなか会う時間が作れなくなって、そんな中での三週間ぶりのデートの日だ。

デートと言っても長く付き合っていると、気遣いなんてほとんどしてくれなくなってくる。近頃の私にはそれが不満だった。私は亮介と過ごすときには、いつだってきれいにしているのに。

待ち合わせ場所である駅近くのカフェに行く前、私はトイレで髪の乱れと化粧を直した。鏡に顔を映した途端、うっとなる。ほうれい線が深くなった気がしたのだ。

隣では十八歳くらいの女の子のふたり連れが、きゃあきゃあと笑い合っていた。

「そのグロスの色、可愛いじゃん？」

「これグロスじゃなくてさー、リップオイルなの。ラズベリーの香りするから、食べたくなっちゃうってカレシ言ってた」

「えー、いいなー。あたしも買おうかなー」

彼女たちの肌はツヤとハリがあって、シワやクマなんてものには縁がなさそうだ。

私も昔はあんな感じだったなと切なくなる。

いや、これからデートなのに暗い顔はいけないと、自分の頬を両手でぱんと叩《たた》いた。

コンパクトを閉じてトイレを出る。

駅構内のアパレルショップにはもうパステルカラーの服がディスプレイされていて、

まだこんなに寒いのに、もう二、三ヶ月もすれば春が来るのかと驚く。階段を上って最寄りの出口を潜《くぐ》ると、冬の空気は冷たくぴりりと張り詰めていた。

コートの襟《えり》もとを合わせながら、街へ向かう人の流れに合わせる。

二十七歳、もうすぐ二十八歳。亮介に出会ってから十年が経とうとしている。十年という歳月はあっという間で、なのにひどく長くも感じた。女にとっては特にそうだと思う。

特にこの数年は誕生日が近づくたびに、砂時計の砂が零《こぼ》れ落《お》ちる音が聞こえる気がしていた。何かに追い立てられるようで焦ってしまう。

こうなったきっかけはわかっている。

亮介を私に紹介してくれた、短大時代の友人、理央《りお》の結婚だ。亮介と理央は遠縁にあたり、三年前の彼女の式にはふたり一緒に招待された。

――挙式と披露宴の会場は都内のデザイナーズホテルのガーデンだった。

私もこんなところで挙げたいと思える、太陽の光がたっぷり注ぎ込まれる素敵なところだ。

理央の相手は出会って一年にもならない年上の彼氏で、付き合い始めて一ヶ月でプロポーズされたのだと聞く。

二次会の会場であるふたつ隣のイタリアンレストランでは、私たちは学生時代みたいにはしゃぎ合った。

そして、みんなほどよくお酒が回った頃、理央は亮介と私のところにきて、幸せいっぱいの笑顔でこう尋ねたのだ。

『ね、ね、亮介君と春香はいつ結婚するの？　もうすぐでしょ？』

私は『え〜』とワイングラスを手に困ったふりをする。私はこの頃から結婚を意識し始めていて、当然亮介も考えていてくれるものだと思っていたのだ。ところが、亮介は『いやいやいや』と苦笑しながらこう答えた。

『今それどころじゃないし。新しい取引先を任されて、仕事こなすのに精一杯や。ここで踏ん張らないと昇進もありえん』

『そんなこと言っていたら一生結婚できないでしょ』

『んー、まあ、そのときはそのとき。っていうか、俺まだ二十六よ？　結婚なんて考えられんわ』

『私と一歳しか違わないでしょ？』

『男と女は別やろ』

『えー、何それ』

——そのときはそのとき？　男と女は別やろ？

私にはその言葉が酔った勢いではなく本音に思えた。だって、亮介はいつもそうだったから。感情的になったり本音を口にしたりするときは、自然と出身地の大阪訛《なま》りが出る。

私はその日から「結婚」の二文字を口にするのが怖くなった。「結婚したい」と言えば重い女だと思われて、別れようということになるかもしれない。そばにいるのが当たり前になっていた恋人が、今さら隣からいなくなるなんて考えられなかった。重い女になりたくないと、結婚には興味ないふりをしていたのだ。

結婚がリアルな年齢になる前には、もっとなんでも思ったことを言えたのに。ただ亮介といることが楽しかったのに――

皮肉にも、その頃から恋愛と反比例して仕事の調子が上がっていった。

私の仕事はジュエリー販売員だ。そこそこ人気のある国内ブランドで、自社のデザインが大好きだった。初めは下っ端にすぎなかったけど、一年目、二年目、三年目と売り上げをどんどん伸ばし、その仕事振りを認められて今では副店長になっている。

一年前のやっぱり今日みたいなデートの日、私が昇格したことを伝えると、亮介は『すごいじゃん』と目を丸くした。

『一国一城の主《あるじ》だろ。って、ナンバーツーか。なんにせよ大したもんだよ。っていうか、俺も頑張らないとなあ』

私は亮介におずおずと切り出す。

『それでね、今度から、土日はもっと休みが取りにくくなって、会える日が少なくなるかも……』

『ああ、そんなの仕方ないだろ。仕事なんだからさ。やっぱり女も上を目指さないとな』

仕事を応援してくれる理解のある彼氏――はたからは、きっとそう見えただろう。

でも私には、亮介に言ってほしい別の言葉があった。

『ねえ、亮介』

『ん、なんだ？』

――私ともっと会いたいと言ってくれないの？　それとも……惰性《だせい》でなんとなく付き合っているだけ？　その年で彼女がいないとみっともないって見栄から？

結局、私は口を噤《つぐ》んで笑うことしかできなかった。

『まあ、店長になったらフレンチ奢《おご》ってよ』

すると、亮介は『きっついな』と苦笑してこう答えたのだ。

『んじゃさ、連れていくって約束するからさ、今日うち来てあれ作ってくれよ、あれ』

『ええー、またあれ？　好きだねえ』

『うん。あれだけは売ってるやつとか自分で作るのより、お前のがいいんだよなあ――』

――中で暖を取ろうとする人が多いのか、待ち合わせ場所のカフェに空《あ》いた席はなかった。

コーヒーカップを手にした若いカップルが、目の前を笑い合いながら通り過ぎていく。ふたりはまだ二十代前半くらいに見える。

ううん、カップルではなくて夫婦だ。プラチナの輝きを放つマリッジリングが、ふたりの指にしっかりとはめられていた。ただのペアリングにプラチナは高すぎる。

私はコーヒーを買って亮介を探す。彼は出口近くの窓際のふたり掛けの席に座っていた。私を見つけて「よ」と手を上げる。

「寒いとこで悪い！　ここしかなくてさ」

「どこでもいいよ。元気だった？」

「ん。ぼちぼち」

亮介は相変わらずラフな服装だ。ジーンズにTシャツ、Gジャン。椅子の背もたれにはダウンジャケットが掛けられている。この十年間ほとんど変わっていない。

私は向かいの席に腰を下ろすと、コーヒーにミルクと砂糖を入れる。

「んー……。遠出だるいし、ホテルか家でのんびりしたい。なんかその辺でうまいもんテイクアウトしてさ」

「今日どうする？」

「えー、また？」

本当はどこでもかまわないものの、手近なところで済ませられるのは、自分がないがしろにされているみたいで嫌だ。

「次さ、次。次は絶対お前のリクエスト通りのところ連れていくから。だから、今日は、な！」

次、次と、いつも言うけど、いつになればその次が来るのだろう。でも、こう言われてしまうと頷《うなず》くしかない。

「……わかった。じゃ、中華がいいな。ほら、駅前の新しいホテルの近くに小籠包《ショーロンポー》のお店あったでしょ。あそこの」

「おー、お安いご用」

だって、面倒な女だと思われたくないもの。

「……っ」

亮介に気付かれないよう拳《こぶし》を握り締める。

私はいつからこんなに卑屈になってしまったんだろう。

——子どもの頃は、大人になればもっと大きな未来をこの手に掴み、自分の力で自由に羽ばたける気がしていた。なのに、一年、また一年と、年を取るごとに、無力だったあの頃より色んなもの——将来への不安や世間体、見栄、誰が決めたのかも知らない「普通」という基準に縛られて、がんじがらめになっている。

コーヒーを一口飲んで、気を取り直そうと顔を上げた。

「あのね、私の勤めている店、十二月と一月の売り上げ都内で二位だったんだよ。本店にあとちょっとで追い付くところだったの。もちろん店長の手腕なんだけどね」

「いや、でも、お前も貢献しているだろ?」

亮介はテーブルの上に頬杖をつく。

「お前もやるよなあ」

「えー、どうしたの? 熱でも出た?」

彼が私を褒めるなんて珍しい。十代のうちこそ「可愛い」と言ってくれたけど、最近は「太ったか?」とか「それ似合わない」とか、無神経なことしか口にしないのだ。

彼は目を細めて私を見つめる。

「お前が就職したときさ、俺、正直不安だったわけよ。こんなふわふわした奴がやっていけるのかなーって。でもさ、一、二年でがらっと顔つき変わってビビった。なんだろな」

「そうだったっけ？」

さすがに昔のことで、はっきりとはしないものの、なんとなく心配されていたのは覚えていた。亮介は私より一歳年上だけれども、彼が大学、私が短大出身なので就職は私が一年早い。私が働き始めたばかりの頃は、退社時間になると、大学生だった亮介が『大丈夫か？』などとよくメッセージを送ってきていた。当時はそんなに頼りなく見えたのだろうか。

「まあ、自分じゃわからないだろうしな」

彼は冷めたコーヒーを飲み干し窓の外に目を向ける。釣られて私もその方向を見ると、曇《くも》り空《ぞら》から白い雪が音もなく降り始めていた。建物も灰色の道路も、道行く人も白に染まっていく。

亮介がぽつりと呟《つぶや》いた。

「なんか、こういう景色、昔の歌にあったよな。お袋がよく歌っていたんだけど。雪がどうとかこうとか……」

「別れる歌だよね？　でも、思い出せないな。ここまで出かかっているのに」

歌詞は悲しいのに、メロディは心を包み込むかのように優しくて、初めて聞いたときに胸が痛くなって、涙が零《こぼ》れたのを覚えている。

すると、亮介が「ちょっとちょっと」と、思い出に浸《ひた》る私の前で手を振った。

「お前、雪って言っただけでわかったの？　なんで？」

「なんでって……もう何年付き合っていると思っているの。亮介の考えていることなんてお見通しだよ」

「うわ、怖いな。でもな……そうだよな。俺らって同じ曲をいくつも聴いて、同じ景色をたくさん見てきたもんな……」

最近、東京はよく雪が降るなと思う。雪は、冷たいけれども嫌いではない。こうしてただ眺めているだけで、心も一緒に白くなっていきそうになる。生まれて初めて雪を見てはしゃいだ、まだなんの悩みもない子どもの頃のように──

「春香、あのさ、俺、東京でこれだけ雪が降るの見るの、最初で最後になるかもしれない」

亮介の言葉に、心が現実に返ってくる。私は雪から亮介に目を移した。

「何。どういうこと？」

「大阪に転勤することになってさ。もう決定事項。六月になる。もちろん栄転」

突然の話で、私は目を丸くして亮介を見つめた。

彼は総合電機メーカーの営業だ。いつ転勤になるのかわからないとは聞いていた。でも、今までずっとなかったので、このまま東京にいるものだと思い込んでいたのだ。

何をどう言っていいのかわからず呆然とする私に、亮介が告げる。

「んー、だからさ、しない？　俺もお前もいい年だし」

「するって……何を？」

「あのなー、お前、歌がわかるなら、俺の言いたいこともわかれよ」

亮介は気まずそうにすっかり冷めたコーヒーを一口飲んだ。

「――結婚しようって言ってんの」


翌週の月曜日の出勤日。私はどこか上《うわ》の空《そら》だった。

それでも仕事が滞《とどこお》りなくできたのは、もう五年この店で働いていて、どこに何があるのか、どう動けばいいのかが、体に染みついていたおかげだ。

売り上げをパソコンに入力してから、溜息をつきつつ売れたピアスの在庫を出し、ショーウィンドウの什器《じゅうき》に飾る。店内にお客様がいないことを確認し、別の島で書類を確認している店長にそっと近づいて声をかけた。

「店長、すいません。田中さんたちが戻ってきたら、お昼一緒にいいですか？　相談したいことがあって……」

彼女は顔を上げて「うん、いいよ」と答えた。

「その表情だとプライベート？」

「……と、仕事にも関係あります」

「あら」

このやりとりでうすうす察しがついたのだろう、にこりと笑って腕時計に目を落とす。

「じゃあ、角の店行こうか」

その日出勤のふたりの社員が昼食から戻るのを待って、店長と私は揃ってハンバーガーショップに出かけた。

お昼時を過ぎているせいか、店内は空《す》いている。誰も私の話なんて気にしないとわかっていても、休憩の時間帯が不規則なシフト制でよかったと思った。

私はハンバーガーを前に、向かいの席の店長に打ち明ける。

「実は彼からポテトを摘《つ》まみながらプロポーズされたんです」

店長がポテトを摘まみながら笑う。

「あ、やっぱり。ずっと付き合っている人がいるって言っていたけど、相手はその人？　オッケーしたの？」

「はい……」

あのあと、私は亮介にこう答えたのだ。

『あー……そうだね。そろそろそんな時期かもね』

ダイヤモンドのリングも、お洒落《しゃれ》なレストランでのコース料理も何もない、素《そ》っ気《け》ないプロポーズだった。お祝いなんてテイクアウトの中華料理だ。ううん、問題はそんなことではない。

店長が今度はオニオンリングを頬張って首を傾《かし》げる。

「あれ、どうしたの。あんまり嬉しそうじゃないね」

そう、ずっとしたかった亮介との結婚。形式などどうでもよく、一緒になれることが嬉しいはずだ。なのに、どうして。何かが心のどこかに引っかかり、素直に喜べない。

「彼、転勤することになって、赴任地が大阪なんです」

私はようやくチキンハンバーガーの包みを手に取った。「あー……」と店長の声が半トーン下がる。

「そっか。婚約者についていくってことか。じゃあ、うちではもう働けないよね。うーん、桜井さんが抜けるのは痛手だな。ひとりで三人分売り上げているものねえ」

「すいません……」

「やだ、何言っているの。おめでたいことなんだし、謝っちゃ駄目。褒め言葉だと思って。人手不足はこっちの事情でしかないんだから」

店長はライスバーガーにかぶりついた。

「それで、どうしたいのかな？　このまま時期見て辞めちゃう？　それとも、大阪のどこかの支店に転勤する？　さすがにポジションはどうなるかわからないけど、関西圏内ならある程度考慮してもらえると思うよ。うちの会社も人手不足だしね〜。桜井さんほど売る人、絶対手放したくないと思う」

大阪の支店に転勤するのは、私も希望していることだった。なぜって、亮介もそう望んでいるためだ。彼は『やっぱり女も働かないとな』と言っていた。『二馬力のほうが不安ないからな』と。

「できれば大阪の支店に行きたいです」

そう答えると、店長はライスバーガーをバスケットに戻し、「大丈夫？」と私の顔を覗《のぞ》き込んだ。

「あんまり行きたいって顔をしていないよ」

「えっ……」

「そうだよね。桜井さんはこっちが地元だもん。いきなりアウェーになるんだし。好きな人と結婚するっていったって、そりゃあ不安にならないほうがおかしいよね」

店長はこうして私の気持ちを察してくれるし、いつも親身になってくれる。なのに、どうして亮介は――

亮介は大阪出身で実家に帰るようなものだ。だから、そんなに躊躇《ためら》いはなかったのかもしれない。『東京でこれだけ雪が降るの見るの、最初で最後になるかも』と言っていたので、これを機会に大阪か関西圏内に腰を落ち着ける気でいるのだろう。

「まあ、どっちにしろ人事部には私から伝えておくから。入籍や式の日程が決まったら教えてね。心の整理をつけておくといいよ」

――それまでなんの話もなかったことが嘘のように、亮介との結婚の準備はとんとん拍子で進んでいった。ただひとつ、私の心だけが置き去りにされて。

私たちはお互いの両親に挨拶《あいさつ》を済ませると、ブライダル誌やネットで前評判を調べ、フェア巡りや会場訪問をし、いくつかの式場をピックアップした。その後、日取りを半年後の九月半ばに決定して、予算とお互いの好みに合ったところを予約する。

結婚式に招待する人数、主賓《しゅひん》、スピーチをしてもらう人に、余興を任せる友だち。テーブルクロスにその上の花に、料理のコースに引き出物に、と決めなければならないことは山ほどある。

あっという間にまた一ヶ月が過ぎ、季節はすっかり冬から春に変わった。

雪は、もう空のどこにも見られない。過ごしやすくなったはずなのに、私は青い空がなぜか寂しかった。

同時に、亮介は引っ越しの準備に追われることになる。五月の終わりまでには大阪に行かなければならないのだ。

一方、私は式の前月である八月まで、現在の店舗に勤務することになっていた。私の代わりに四月から入る新入社員が一通りの仕事を覚えるまで三ヶ月はかかるし、店舗の入っているショッピングモールのセール期間が過ぎるまでは売り上げに貢献したいと考えたからだ。早々に希望を伝えると店長はすごく喜んでくれた。

——その日の夜は私と店長が遅番で、ふたりで店を閉めることになっていた。消灯し、警備のスイッチをオンにし、揃って店を出る。最後にシャッターを下ろし、しっかりと鍵をかけた。

「お疲れ様ー」

「お疲れ様です」

私と店長は従業員用のエレベーターを目指す。

お客様のいない薄暗い店内は、昼間とは別の空間のようだ。他店のショーウィンドウには防犯のクロスがかけられ、華やかできらきら輝いていた場所が、古代神殿の遺跡みたいに静まり返っている。

私は、こうして垣間《かいま》見られる勤務先の舞台裏も好きだった。ちっぽけでありきたりかもしれないけど、私が確かにここで見つめ続けてきた世界だ。

この光景ともあと数ヶ月でお別れかと思うと、小さな溜息が出る。すると、隣を歩く店長がすぐに私を見上げた。

「あ。疲れた？　今日はありがとう。いきなり遅番頼んじゃって、結局通しだもんね」

「大丈夫ですよー。慣れていますので。それに、できるだけ長くお店にいたくて」

店長はつくづくよく気が付く人だ。だから、こうして店長に抜擢《ばってき》されたのだろう。この店舗にいた五年間、彼女の人柄に本当によく助けられた。

私は仕事では人に恵まれたと思う。前の店舗での上司もいい人だったし、部下の女の子たちも頑張り屋さんがほとんどだ。たまに要領の悪いタイプもいたものの、性格が悪い子はいなかった。私がここまで来られたのは自分の力ではなく、周りの人によるものが大きい。

ただ、大阪ではどうなるのか。今までの運のよさが続くとは限らない。

それに、家族や友だちとも遠く離れてしまう。いくらメールや電話ができても、すぐに会えない心細さはやっぱり強い。うまくやっていけるのだろうか。

答えなんて見えるはずがない。こうして考えれば考えるほど、沼に足を引きずり込まれるような思いに駆られる。

私はそんな心を悟られまいとして、できるだけ自然な笑顔を作った。

「店長こそちゃんと休まなくちゃ駄目ですよ。もう八連勤でしょう？　私の最後のお願いだと思って、どんどん遠慮なく頼ってくださいね？」

「うん、ありがとー。あー、やっぱり桜井さんがいてくれると心強いな。私も一緒に大阪へお嫁に行きたーい！」

「駄目ですよ。私、旦那さんに恨まれちゃう」

私たちはきゃらきゃら笑いながら、エレベーターを降りる。

従業員用の出入り口で退勤手続きをし、表通りに出たところで、なんとなくスマホをバッグから取り出す。すると、亮介からメッセージが入っていた。画面にはこんな言葉が並んでいる。

『明日の朝ちょっと会社行く用事があるから、付き合えない。悪い！』

「えーっ……」

私はその場に立ち尽くした。

明日はウエディングプランナーさんとの打ち合わせなのに。

こうしてすっぽかされるのは初めてではない。いくら結婚式の主役が花嫁だとは言っても、亮介も立派な当事者だ。ところが、仕事を言い訳にしてほとんど私に任せきり。

すでに結婚している姉が手伝ってくれるおかげで、なんとかなっているけれども、こっちもわからないことだらけ。それに、私だって仕事は忙しい。

私はスマホをバッグにしまうと、笑い合うカップルで溢れる通りを見回した。この中にはきっと夫婦もいるに違いない。私はその人たちに聞きたくなる。

そうやって幸せになるには、どうすればいいんですか？

自分にとって何が幸せなのか、私にはよくわからなくなっていた。


亮介と次に会えたのはそれから一週間後。ドレスを決める日のことだった。

もう白もカラーも二着に絞り込んでいて、そのうちから一着を選ぶ予定だ。本当はひとりで選んでもよかったのだけれども、ドレスだけは彼にも見てほしかった。

試着室に通された彼は居心地が悪そうだ。吊るされたドレスにずらりと取り囲まれ、勧められた椅子も薄ピンクのソファという、女性客しか想定していない空間のせいだろうか。「早くここから出たい」と顔に書いてある。

私は彼が逃げちゃわないかとちょっと不安になりながらも、奥で一着目の白いドレスを着せてもらった。

「うわああ……おきれいですね！　こんなにきれいなドレス姿、初めてです」

ドレスフィッターさんが感嘆の声を上げる。

「やっぱり桜井様にはスレンダーラインがよくお似合いです。背が高くてスタイルがよくていらっしゃるから。羨《うらや》ましいなあ……」

「ありがとうございます」

営業用の笑みを浮かべつつ、鏡の中の自分を見つめる。

ウエディングドレスの白は雪に似ている気がした。穢《けが》れのない、どこまでも清らかな色だ。もやもやとした思いを抱えている私に、こんな清純な色を身に纏《まと》うことが許されるのだろうか。

そんな思いをどうにか吹き飛ばそうと、カーテンを捲《まく》って亮介の前に進み出た。

「じゃーん。どう？」

「……」

亮介は何も言わなかった。十秒ほど経ってやっと、「ああ、うん」と素《そ》っ気《け》なく答える。

「それだと太ったのわからないな」

「そういうことじゃなくて！　似合うかどうか聞いているの」

「って、言われてもなあ」

「もう」

私はフィッターさんにもう一着のドレスを着付けてもらった。前のは袖があるタイプで、今度のは胸が強調されているビスチェタイプだ。

「ねえ、どっちがいいと思う？　選んでみて」

「んー……」

　亮介は顎《あご》に手を当て唸《うな》っていたけれど、やがて「俺にはどっちも同じに見えるわ」と言って目を逸《そ》らした。テーブルの上の雑誌を手に取り、ぱらぱらとページを捲《めく》る。

「お前の好きなほうにすればいいだろ」

　他人事のようなその言い方に、喉の奥で言葉が詰まる。

　私は、あなたに決めてほしかった。なのに、こんなに簡単なこともしてくれないの。

「わかった……」

　くるりと身を翻《ひるがえ》しカーテンを引く。フィッターさんが驚いた顔で私を見た。

「桜井様、どうかなさいましたか？」

「あ、大丈夫です。大丈夫……」

　亮介が選んでくれないのなら、どちらでもいい。私は前に着たドレスを指さす。

「白いドレスは袖のあるタイプでお願いします。もうちょっとグラマーだったら挑戦したかったんだけどな。カラードレスは赤紫のほうで」

「えっ。他のカラーをお召しにならなくて、よろしいのですか？　せっかく、おふたりでいらっしゃったのに」

「いいんです」

　私はなんとか笑顔を作った。

「赤紫のほうが人気だって聞いたし……早く予約しなきゃ埋まっちゃいますもんね」

手続きを済ませて式場を出る頃には、もう午前十一時を回っていた。と言っても、予定より一時間も早く試着を終えている。カラードレスを即決したので当然だ。

亮介と私は数分間無言で通りを歩いた。駅前が見えてきたところで、「おい」と彼に呼び止められる。私はすぐに立ち止まったものの、亮介に目を向けようとはしなかった。

「……どうしたの？」

「お前さ、あの態度はないんじゃないか？　接客業についているなら、もうちょっと愛想よくしておけよ」

きっとフィッターさんや受付の人にろくに挨拶《あいさつ》もせず……いや、できなかったことを責めているのだろう。彼にはそれが失礼な態度に見えたに違いない。そんなことは十分にわかっていた。

「いくら仕事とはいえ、一生懸命やってくれているんだからさ。こっちの印象をよくしておいたほうがあとあと何かと得するだろ。向こうだって人間なんだし」

その一言に、頭の中で何かがプツンと音を立てて切れる。

あなたはすっかり忘れているかもしれない。でも、私も感情のあるひとりの人間なんだよ？　いくら十年の付き合いがあるといっても、あなたの何もかもを我慢できるわけじゃない。

心の奥でずっと凝《こご》っていた本音が、ついにずるりと喉を通り抜ける。

「亮介って、他人や自分の外ヅラのためなら怒るんだね……。さすが営業って感じなのかな?」

「は? 何言ってんだよ」

私は何ヶ月ぶりかに亮介の目を真っ直ぐに見据《みす》えた。

「どうしてその十分の一も私の気持ちをわかろうとしてくれないの。もっと私を見てくれないの?」

たじろぐ彼を見るのは久しぶりだ。私はそのまま続けた。堰《せき》を切った言葉を、止めるなんてできない。

「亮介はいつも自分のことばっかり。私をおまけみたいにしか扱わないじゃない」

そう、亮介は自分勝手だと思う。結婚のタイミングも転勤後の人生も、全部自分の都合のいいときにいいように決めて、私の気持ちなんて考えもしない。

「どうして私だけがいつも不安で、いつも一生懸命でいなきゃいけないの?」

でも、一番腹が立つのはそんな亮介を拒否できない自分だ。

「もう、いい」

私は最後のプライドで涙を流さなかった。

「結婚やめる。こんな気持ちじゃ絶対に無理」

「おい、春香、何言って」

「……亮介、私あなたとの約束、一度でもすっぽかしたことあった？」

亮介の目が見開かれる。

「あなたの仕事が忙しいことも、今、大変な時期だっていうのもわかっている。でも、やっぱり無理」

自分が抱く思いが恋なのか、情なのか、十年間一緒にいたことによる執着なのかはわからない。それでも、亮介が大切なことには変わりなかった。

「亮介と一緒にいると苦しいんだ」

大切だからこそ苦しかった。返ってこない思いは、苦しい。

「だから、もう無理」

口が、喉が、胃が、痛い。心の一部を引き剥《は》がされるかのように痛い。でも、口にした以上、引き返せなかった。

「……お父さんとお母さんと、亮介のご両親には私から話しておくから」

「おい、春香⁉」

亮介が慌てたように私の肩を掴む。

「今さら何言っているんだよ。冷静になれって」

こんなに動揺した声を聞くのは何年ぶりだろう。それでも、私は亮介にこう告げるしかない。

「追い掛けてきたら、嫌いになるから」

そのとき、私は初めて亮介が凍り付くのを見た。

◇◆◇◆◇

シミひとつない真っ白なテーブルクロスが、あの日のウエディングドレスの色に重なった。

「――お待たせいたしました」

生きていた頃のすべてを思い出したのと同時に、できたてのクリームシチューが、オーナーの手でテーブルに置かれる。ニンジン、タマネギ、ジャガイモに鶏肉。彩《いろど》りを添えるブロッコリー。私のレシピとまったく同じものだ。

早速スプーンでシチューを掬《すく》って口に入れる。

「うわ、すごい。私のシチューと同じ味」

十八歳で初めて作ったものよりも、ずっと美味《おい》しくなっている。もう数えきれないほど作った……

「亮介、これが大好きだったなあ……」

実家ではお母さんの上げ膳据え膳で暮らしていたせいで、彼と付き合い始めた当初、私は目玉焼きすらろくに作れなかった。

私はクリームシチューの温かさを感じながら、亮介との出会いの思い出をオーナーに語る。

「……私たち、運命の出会いとか、全然そんなのじゃなかったんです。理央に彼女募集中の親戚がいるからーって紹介してもらって……」

私は高校まで誰かと付き合った経験もなくて、ずっと恋には憧れていたものの、自分で誰かに声をかける積極的な性格じゃなかった。そんな私に「いい奴だから」と、理央が巡り合わせてくれたのが亮介だったのだ。

彼は全国でも名の知れた私大の学生で、短大生の私にはとんでもないエリートに思えたのを覚えている。でも、最初のデートでも次のデートでも気さくで、明るく前向きな優しい人だと感じた。五度目のデートで告白されたときには、こんなに順調でいいのかなと頬をつねったくらいだ。

「亮介って、女慣れしてるように見えて、実は私が初めての彼女だったんですよ。だからだったのかなー。こんなふうに気の利いたレストランなんて思い付かなかったみたいで。でも、私もそんなものだと考えて……」

ファミレスも牛丼屋さんも、青空の下でのコンビニのおにぎりも、ふたりでいれば美味《おい》しい。お洒落《しゃれ》なレストランなんていらなかった。

あれは、亮介の二十歳の誕生日の二週間前。欲しいものを聞いたときのことだ。

『春香ちゃんの手料理が食べてみたいな』

彼は照《て》れながらそう答えた。

亮介の両親は自営業の共働きのため、デリバリーで惣菜《そうざい》などを頼むことが多かったんだそうだ。さらには「働かざる者食うべからず」の精神で、ふたりのお兄さんも亮介も、中学になると同時に家事を一通り叩《たた》き込まれたらしい。亮介はその年の男の子には珍しく、大体の料理を作ることができた。

そして、だからこそ彼女の手料理に憧れるんだと、照《て》れ臭そうに打ち明けてくれたのだ。

リクエストの料理は、「ルーを使わないクリームシチュー」。家族でのクリスマスパーティの定番のメニューで、大好物なのだと言う。

事情を聞いた私は奮起した。家でレシピを何度も見直し、亮介のために美味《おい》しいシチューを作ろうと練習する。

初めて彼氏ができた女の子の意気込みだ。当日はケーキをワンホールとちょっと高いバター、野菜や肉類をたくさん用意して、張り切って彼の下宿先のアパートに出かけた。

手伝おうかと言ってくれたのを、ひとりでできるからと断る。料理上手なところを見せたかったのだ。

でも、それまでろくに家事をしたことがない小娘が、ちょっとやそっとで要領よくできるはずがない。自分では練習通りにやっているつもりなのに、家とアパートのキッチンの違いやタイミングのずれが重なって、ひどい味のシチューができた。

味見をした私は、うっとその場に立ち尽くす。

『お、なんかいいにおいがするな。できた?』

亮介は私の肩越しにシチューを覗《のぞ》き込んだ。湯気《ゆげ》の立つシチュー皿に目を移す。

『一口いい? こういうところで食うのってさ、なんか妙にうまいんだよな』

そして、私が止める間もなく、用意してあったスプーンを手に取り、ぱくりとシチューを口にしたのだ。

『りょ、亮介君……!!』

絶対に不味《まず》いと言われる、呆れられて振られると思った。ところが、彼はちゃんとシチューを味わって呑み込むと、親指を立てて笑顔を見せたのだ。

『……うん、うまい!!』

『えっ⁉』

『俺んちじゃさ、これ、メシにかけて食っていたの。だから今日はメシだけ炊いて待っていたんだ。春香ちゃんも試してみるだろ？』

私は涙が出そうになるのを堪《こら》えて頷《うなず》いた。

『うん……。美味《おい》しそうだね』

『だろ？　ほら、早く一緒に食おう』

両手にシチュー皿を持って部屋に向かう広い背を見る。ああ、この人のことが本当に好きだと感じた。彼のために次こそ美味《おい》しいシチューを作りたい。そう思った。できるなら、十年先も、二十年先も、ずっとずっと――

それから、クリームシチューは私たちの定番のメニューになった。クリスマスやお正月、亮介の誕生日だけではなく、ちょっとしたお祝いや彼のアパートに泊まる週末。喧嘩《けんか》をしたあとの仲直りのメニューもクリームシチューだった。

大体、口を利かなくなって二、三日もすると、亮介からこんな留守電かメッセージが入るのだ。

『春香、なあ、春香、あれ作って。ほら、あれ』

これが亮介の「ごめんね」で。

『いいよ。じゃあ、亮介はなんかデザート買っておいてね』

私の「許してあげる」がこうだった。

私はスプーンを置いて口を覆《おお》う。

「あ、あの日……あの日、私は……」

クリームシチューの中に涙が一滴落ちる。食べることで生前の感覚を取り戻したのか、不思議とその涙を熱く感じた。

「亮介と、仲直り、したかったんです」

◇◆◇◆◇

亮介に別れると一方的に告げて三日後。私は家族に結婚を破談にしたいと相談した。当然、父と母は「何を言っているんだ⁉」と慌てる。

「あんた、亮介君みたいな男、これから先、絶対見つかんないわよ‼」

「もうすぐ三十になろうって奴が、今さら選《え》り好みしている場合か⁉」

いくら言っても私が頑《がん》として聞き入れなかったせいだろう。両親は嫁《とつ》いで家を出ていた姉を呼び出し、私の説得に当たらせようとした。

それから三日後に帰省した姉は、私の部屋に足を踏み入れるなり、「婚約破棄おめでとう‼」と両手を広げる。

「何それ……」

　ベッドに寝転んでいた私は嫌々体を起こした。

「結婚おめでとうの代わりに。まさか妹がマリッジブルーで結婚を破談にするなんて思わなかったな〜」

「マリッジブルー……？」

「え、違うの？」

　姉はベッドに腰を下ろして私の目を覗《のぞ》き込む。

「何があったか話してみてよ。すっきりするかもしれないし、納得できる理由なら、私がお父さんとお母さん説得してあげるから」

　驚く私に、姉は困ったような笑みを浮かべた。

「結婚は相手を嫌いになったら無理だものね。後悔することになる。離婚だってそう簡単にできるわけじゃないしね」

「嫌いになったわけじゃ……」

　私ははっとして目を泳がせる。無意識のうちに本音を口にしていた。

「そうなんだ。一応まだ好きではあるわけね」

「……うん」

　ぽつりぽつりと姉にこれまでの経緯を説明する。姉は、いい年をして何を言っているの、とは言わなかった。話を聞き終え「そうか……」と天井を見上げる。

「私はね、破談は待ったほうがいいと思う。もう一度よく話し合うべきだよ。人間って……特に男ってねえ、いくつになっても察するなんて芸当ができないガキばっかりなの。言わなきゃわからない。というか、言ってもわからないことすらあるの。だから、しつこく、しつこく、しつこ〜く訴えなきゃ駄目」

「いや、でも、そんなことしたら振られるかもしれないし……」

「そのときはそのとき。問題を先送りしているだけだからね。人間関係って終わるときはどれだけ頑張っても終わるし、続くときは何があっても続くのよ」

姉のセリフには妙な説得力があった。

「私はね、旦那に自分からプロポーズしたよ？　結婚してくれって」

「えっ……」

初めて聞くエピソードに目を見開く。

「怖くなかった……？」

姉はにっこりと笑って頷《うなず》いた。

「もちろん怖かったよ。すご−く怖かった。断られたらどうしようって心臓が破裂しそうだった」

義兄と姉も私たちほどじゃないけど、やっぱり長く付き合って結婚している。私が知る限りは、ずっとラブラブだった。そんな姉でも確信が持てなかったのだ。

「亮介君もさ、結婚申し込むとき結構怖かったと思うよ」

姉の言葉に息を呑む。でも、すぐに「まさか」と首を横に振った。

「プロポーズとも言えない感じだったよ」

「はっきり言って、断られるのが怖かったんじゃない？　亮介君だって、春香の気持ちはわからなかっただろうし」

「でも、ずっと一緒にいたのに……」

「ねえ、春香」

姉は自分の顔を指さす。

「私が今何考えているかわかる？　春香と私はずっと一緒に暮らしていたんだからわかるでしょ。亮介君とより長い付き合いだよ」

そんなのわかるわけがない——そう答えようとして私は口を噤《つぐ》む。

姉が私の肩をぽんぽんと叩《たた》いた。

「お互い言いたいことを言ってみて、別れるのはそれからでもいいんじゃない？」

その翌朝。姉が自宅マンションに帰ったあとも、私は布団《ふとん》に包《くる》まりずっと考えていた。

確かに私は亮介の気持ちはこうだと決め付けて、本音を聞くのを怖がってばかりいたように思う。こうしてほしいとはっきり口にしたこともない。もしかすると、彼も同じだった?

私は枕元のスマホに手を伸ばす。

今日は亮介も休みのはずだ。本当なら、ふたりで新郎用の衣装を選んでいた。

『嫌いになるから』と言ったあの日以来、彼からはなんの連絡もない。あんなに一方的に婚約を破棄した私と、彼はまた会ってくれるだろうか。話して、その心を打ち明けてくれるだろうか。

わからない。ぶつかり合うしかない。結局人の心なんてわからないのだ。だから、勇気を出して聞いてみるしかない。

私は亮介にメッセージを打った。

『今夜、シチュー作りに行ってもいい?』

朝から昼になり、昼から夕方になりかけても、返事はない。

むしがよすぎたかと落ち込むものの、亮介は休日出勤がよくあって、スマホも会社用とプライベート用のふたつがあったことを思い出す。今日も仕事でプライベート用を部屋に置いたままなのかもしれない。

自分の馬鹿さ加減に落ち込むよりも、会ってくれる可能性に賭けて、亮介のアパートを訪ねようと決めた。彼は引っ越しの準備の真っ最中で、暇があったら荷物の整理を手伝ってくれと、アパートの合鍵をもらっている。

私は素早く着替えを終え、鍵をバッグに入れて家を出た。最寄り駅から電車を乗り継いで亮介のアパートを目指す。途中、近くにあるスーパーマーケットで、クリームシチューの材料を買っておこうと思い立った。

——そうして、あの事故に巻き込まれたのだ。

◇◆◇◆◇

塩辛くなるんじゃないかと心配になるほど、涙の滴《しずく》が次々とシチューに零《こぼ》れ落《お》ちる。

「わ、たし、まだ何も亮介に言っていない。……聞いていない」

どこまでも馬鹿で勇気のなかった私。ひとりで立ち止まったまま、貴重な時間を無駄にしていた。

死んで初めて理解できる。現状に悩み苦しむこと、苦しんで答えを探し続けることは、未来のある——生きている人間の特権なのだ。

どれだけつらくてもかまわないから、亮介との明日がこの手にあった頃に戻りたい。何気なく笑い合っていた頃に戻りたい。でも、それはもう二度と叶わないのだ。

それからどれだけの時間が過ぎたのだろう、ふいにオーナーが「桜井様」と私を呼んだ。

「私たちが、あなたのためにできることがもうひとつあります」

涙を流したまま顔を上げると、オーナーはクリームシチューに目を移す。釣られて見るとシチューがぼんやりと七色に光っていた。

「その一皿は、生前、あなたの生きる力の源《みなもと》でした。その力を使えば、束の間ですが、現世に戻ることができます」

それは、強い未練を持つ死者だけができることなのだそうだ。この世に留《とど》まりたいと願う未練のエネルギーと、生きるための力が合わさることで、少しだけ現世への干渉ができるのだという。

「どうなさいますか……?」

「亮介……」

◇◆◇◆◇

——私が死んでもう半年以上が経っているだなんて信じられない。

私はつけっ放しになったテレビを眺めた。「二〇二×年、クリスマスの朝です!」

と、アナウンサーのお姉さんが笑っている。でも、テーブルに投げ出されている卓上カレンダーは、今年の五月から捲《めく》られていなかった。

ここは、大阪にある亮介の2DKのマンションだ。本当なら今頃、彼は妻になった私と、ふたりで暮らしているはずだった。

今日はプロポーズの日のように淡い雪が降っている。でも、カーテンが二重に引かれて、外は見えない。

私は強いお酒やビールの缶があちこちに散らばり、薄汚く、埃《ほこり》っぽいダイニングに言葉を失う。キッチンの流しの隅には、生ゴミが山盛りになっている。

亮介はきれい好きで三日に一度は掃除をしていたのに、この様子ではずっと何もしていないのではないだろうか。

電話台の上にある固定電話には、留守電が何十件も溜まっている。試しに聞いてみると、こんなメッセージが入っていた。

『中田《なかた》、おい、お前生きているか？　瀬木《せぎ》だけど、そろそろ返事くれ。これ以上、お前を庇《かば》うの難しいよ。ほんとクビになっちまう。気持ちはわかるけどさ……』

『亮介、携帯に出てちょうだい。お願いだからうちに帰ってきて!!　このままじゃあんたまで死ぬよ。春香さんはそんなの喜ばないっ!!』

「……っ」

私は亮介の姿を探して洋室に入る。フロアには脱ぎ捨てた服が、何着も無造作に積み重ねられていた。

彼は、やっぱり空《あ》き缶《かん》だらけのベッドの上で、死んだように仰向けになっている。世界のすべてを拒絶するみたいに腕で目を覆《おお》っていた。

くたびれたTシャツにジャージのズボンを穿《は》き、髪なんて伸び放題で無精ヒゲも放置だ。口からははっきりとアルコールのにおいがした。

「……るか、るか。返事、くれよ。来てくれよぉ……。頼むから……」

呻《うめ》くような声に体が震える。

「……るかぁ……」

寝言だ。わかっていても喉から迫《せ》り上《あ》がる嗚咽《おえつ》を殺し切れない。

枕元には赤いランプの点滅するスマホが置かれていた。画面を見てついに悲鳴に似た声が漏れ出る。

見覚えのあるSNSの画面。あの日、私が最後に送ったメッセージ。

『今夜、シチュー作りに行ってもいい？』

亮介は事故の直前に返事をしていた。

『もちろん！　メシ炊いて待っているから』

「……っ」

私はベッドの脇に座り込む。失ったものの大きさを改めて思い知った。でも、自分の悲しみ以上に彼の体が心配だ。

きっとろくに食べていないんだろう。頬がこけて、すっかり痩《や》せている。顔色も青ざめるどころか、土気色《つちけいろ》だ。このままでは亮介のお母さんの言う通り、いずれ弱って死んでしまう。

「亮介……」

キスのたび、夜を過ごすたびに、何度も触れたぼさぼさの髪に手を埋《うず》める。

亮介のために私は何ができるだろう。残された時間はそれほどない。

ひとまずダイニングと部屋を掃除すると、キッチンへ向かい冷蔵庫を開けた。

賞味期限ぎりぎりの牛乳がコップに二杯分、バターと小麦粉もなんとか使えそうだ。野菜室にはしなびたジャガイモとタマネギ、半分のニンジンが転がっている。冷凍庫には鶏肉はないものの、凍ったウインナーがあった。食材と呼べるものはそれだけだ。

キッチンで野菜を切り、ウインナーをボイルして、クリームシチューの用意をしていく。

亮介と結婚してキッチンに立つのが夢だった。それは叶わなかったけれども、今は別の望みがある。

亮介が元気になり、いつか私の死から立ち直って、前を向いて生きていくことだ。

三十分後、あの頃よりは美味《おい》しいクリームシチューが仕上がる。

「あ……」

私は自分の両手を見つめた。指先から光の糸が解《ほど》けるように、体が宙に溶けていく。

私がこの世に存在できるのは、あとわずか。

亮介の眠る部屋に行きカーテンを開けると、その唇に最後のキスをした。涙は流さず微笑《ほほえ》みを浮かべる。

「ずっとそばにいてくれてありがとう。……今は先に逝《ゆ》くからね」

◇◆◇◆◇

春香を亡くしたあの日から、取り返しのつかない後悔が、心身を徐々に蝕《むしば》んでいった。

もっと早くに結婚していれば、あいつはまだ生きていたかもしれない。

結局俺は、人生を決める自信がなかったのだろう。春香はさっさと先に大人になって、あか抜けて、すっかりきれいになって、仕事もできるみたいだった。

なのに、俺は会社でうまくいかない時期があり、春香に拗《す》ねて、妬《ねた》んで、邪険にして、でも、キラキラしたあいつが俺を好きでいるのが、自信の拠《よ》り処《どころ》でもあって手放せなくて……。ああ、そうだ。最低だ。最悪だ。自分のことだけしか考えていなかった。

俺は、自分に、社会に、もっと胸を張れる男になりたかった。万全の準備を整えないうちに、人生に向き合うのが怖かった。誰にも馬鹿にされたくなかった。

やっと昇進が決まって、目指した男になったはずだったのに、忙しさに追われるうちに、なんのために頑張ったのかも忘れていたのだ。

春香に別れを告げられるまで、あいつが寂しかっただなんて気付けなかった。どうして今――すべてが手遅れになってからじゃないと、誰かがそばにいてくれるありがたさを理解できなかったのだろう。

いいや、わかっていないはずがない。今さら誰に誤魔化《ごまか》すっていうんだ。

俺は、知っていたけど甘えていた。甘えても許されると思っていた。いつでも取り返しがつくとたかをくくっていた。春香にならば大丈夫だと決め付け、死なんてものが俺たちを断ち切るだなんて考えてもいなかったのだ。

あのとき、あいつのウエディングドレス姿を、どうしてきれいだって言ってやれなかったのか。

照《て》れ臭《くさ》かっただなんて言い訳にもならない。どっちでも同じじゃなくて、両方似合うと言うべきだった。

まだ付き合い始めて一年も経たない頃のことだ。

春香が俺の大好物のクリームシチューを作ってくれたことがあった。無茶苦茶不味《まず》くてびっくりしたのを覚えている。

春香は失敗作に今にも泣きそうな顔をした。俺はなんとか元気になってほしくて、『……うん、美味《うま》い!!』と嘘をついたんだ。すると、黙っているとクールに見える彼女が、花が咲くような笑顔になった。

あの瞬間、この子の笑顔をずっと見ていたいと思った。この子の作るシチューをずっと一緒に食べたいと思ったんだ。


「う……」

眩《まぶ》しさを感じてベッドの上で身じろぎをする。もう朝が来たのかと憂鬱《ゆううつ》になった。また春香のいない一日を過ごさなければならない。何より自分に向き合うのが恐ろしい。

あれから俺はなんとか引っ越しはしたが、まともに会社へ行けなくなった。

世界が黒雲に覆《おお》われている気がする。夢や希望なんて単語が鬱陶《うっとう》しい。体がだるくて、酒を飲まなければ眠れない。当然、食欲なんてあるはずがなかった。

ところが、どこからか懐かしいにおいがして、途端にきゅううと腹が鳴ったのだ。

よく知っているあのにおいだ。

「……えっ」

そんな、まさかとバネのように飛び起きる。目を覚まして二度驚いた。部屋の缶やゴミが一ヶ所にまとめられて、汚れた服がビニール袋に入れてある。ダイニングも大まかに掃除されていた。

お袋には合鍵を渡していないはずだ。なら、一体どこの誰がこんな真似を。

次の瞬間、俺はテーブルの上に置かれた鍋と、深皿に盛られた料理に目が釘付けになった。

「こ、これって……」

「……っ!!」

恐る恐るテーブルに腰掛けて一口食べる。

確かに春香のクリームシチューだ。俺が間違えるはずがない。

そんな馬鹿な。だって、でも、だけど……

何ヶ月ぶりかの温かい食事だった。胃にじわりと優しい味がしみ込んでいく。生きようとする力が体の奥底から湧き出し、気が付くと夢中でシチューをかき込んでいた。

「春香」

一口食べるごとに涙が零《こぼ》れる。

「春香……」

どうしようもなく苦しくて、つらくて、悲しいのに美味《うま》い。

間違いなく春香だけが作れるシチューだ。

「美味《うま》いよ。畜生、無茶苦茶美味《うま》い……」

こうして味わうと、このシチューだって完璧じゃない。今になっても相変わらず塩気が強い。

でも、美味《うま》いじゃないか。それでよかったんじゃないか。俺だって春香だって、きっとそのままでよかったんだ。

未熟だってお前と手を取り合っていけばよかった。その先にある道をふたりで歩んでいけば、また違う味が、未来が、見えたはずだった。

春香、お前はもうその未来を見つめられないのに、死んでしまったはずなのに、なぜ蘇《よみがえ》ってまでこんなシチューを遺したのか。

俺はその答えを求め続けることで、もう少しだけ生きていける気がする。この通り鈍感で、身勝手な、どうしようもない馬鹿だから、お前の意図を一生理解できないかもしれない。だけど、わからなくてもいい。それでもいい。それがいい。

お前はこんな俺を許してくれるだろうか。

ふと、呼ばれた気がして窓の外に目を向ける。

朝の光に照らし出されて、白い雪が音もなく降っていた。

◇◆◇◆◇

——次にこの世に生まれ変わるのなら、あなたが見つめる雪になりたい。きっとその色はウエディングドレスのように真っ白で、花嫁のように美しく清らかだろう。

勇気が出る
チョコレートパフェ

The Chocolate parfait
give courage

小さい頃からかけっこだけは誰にも負けたことがなかった。

幼稚園でも、小学校でも、中学校でも、運動会ではいつも一位だ。一番に白いテープを切るのが大好きだった。両手を大きく広げて空を見上げて、息が切れるのすら気持ちがよかった。ずっとずっと先頭を走り続けるんだと信じて疑わなかった。なのに――

◇◆◇◆◇

私はいつもの高校への道のりを走っていた。いつ、どんなときだって、走りたい。元気だから走るんじゃなくて、走るから元気になるのだ。今までずっとそうだった。

そこで、あれっと立ち止まって首を傾《かし》げる。

心がぎゅっと締め付けられるような、息ができないような、この苦しさはなんだろう。走ってつらくなるなんて初めてだ。

「ちが……っう」

再び走り出した私の喉の奥から、なぜかそんな言葉が出てくる。

違う。違う。違う。私の走りはこんなものじゃなかったはずだ。

耐え切れなくなって足を止めた。膝に手を当て足下を見つめる。そして、またあれっとなって首を傾《かし》げた。

ここは高校までの通い慣れた道でも、練習場のひとつである近くの大学のグラウンドでも、陸上競技場のトラックでもない。見たこともない真珠色《しんじゅいろ》に輝く地面だ。

どこなのだろうと顔を上げると、辺り一面が同じ色の霧《きり》で覆《おお》われていて、驚く。目の前も見えなくて、慌ててしまった。

とにかくお母さんに電話をして、すぐ迎えに来てもらわなくちゃと、リュックに手を入れスマホを探す。ところが次の瞬間、なんの前触れもなく塩辛い水の中に引きずり込まれた。

「……っ⁉」

海なんてどこにもないのに、ついさっきまで地上にいたのに、どうしてこんな目に遭《あ》うのだ。

私は昔水泳をやっていたし、コーチに体力づくりでプールトレーニングを勧められていたので、クロールも平泳ぎも一通り泳げる。でも、それはプールの中で水着を着ての話で、こんな動きづらい学校の制服でなんて無理だ。

誰か助けてと叫ぼうとして、塩辛い水が胃や肺に入ってくる。そのままパニックになった。自分が吐き出した息が泡になって海面に上っていくのが見える。

「……っ!!」

必死に手を伸ばし、足をばたつかせた次の瞬間のことだ。突然、海の中に誰かが腕を突っ込んできて、私の手を掴みぐいっと力任せに引っ張った。水の中から引きずり上げられた私は、その場に両手両足をついて海水を吐き出す。喉の奥がひりひりとして、しばらく息ができなかった。

「まさかこの場に海を再現するとは。若い方の魂《たましい》の力と想像力は、時に信じがたいものを生み出しますね」

聞いたことのない声に顔を上げると、知らないおじさんが苦笑している。お父さんみたいなスーツを着ているけど、色は真っ黒で蝶《ちょう》ネクタイをしているなんて変だ。海に手を入れていたはずなのにどこも濡れていないし、亡くなった曾お祖父《ひいじい》ちゃんがしていたのに似た眼鏡をかけている。

私はようやく息を整えると、立ち上がってお礼を言った。

「……助けてくれて、ありがとうございます」

きっとスマホは水の中で駄目になってしまったに違いない。

「おじさん、スマホ借りられないでしょうか。お母さんに連絡して迎えに来てもらわなくちゃ」

おじさんはスマホと言われて困ったような顔になった。

「とりあえず、店の中に入りましょうか」

「お店？」

お店なんてあっただろうかと、おじさんの後ろを見てびっくりする。いつの間にか、風見鶏《かざみどり》の回る洋館が建っている。レストランかカフェらしい。私が後輩の羽柴《はしば》と通ったファミレスよりずっと高級そうだ。

こんなレストランは私の住む町でも、学校のある地域でも見たことがない。

おじさんは門を開けて私を振り返った。

「さあ、とにかく体を乾かしましょう」

私はまだ驚きに目を丸くしながらも首を横に振る。

「でも、私お金持っていません。さっきリュック、海に落としちゃったし……」

もっとも流されていなくても二千円しかなかったので、こんなお店のメニューには足りなかった。

すると、おじさんは「大丈夫ですよ」と笑う。大好きだった曾《ひい》お祖父《じい》ちゃんみたいな、優しくてほっとするような微笑《ほほえ》みだった。

「このレストランでは料金をいただいておりません。ここはあの世とこの世の間にあり、もはや黄金も、札束も意味をなさないのです」

あの世とこの世の間だと聞いて、思わず「えっ」と声を上げる。同時に、門に掛けられた看板が目に入った。

「――神さまの……レストラン？」

神という文字を目にした途端、喉の奥から「あっ」と小さな悲鳴が出る。

どうして今まで気付かなかったんだろう。私の体はもう氷のように冷たくなっていて、手は水にふやけてぶよぶよになっているのに。

「あっ……あっ……」

その場にしゃがみ込んで頭を抱える。

今朝、私はどうしても学校へ行きたくなくて、行けなくて、時々犬の散歩に行っていた防波堤で、座って足をぶらぶらさせていた。すると、一時間もしないうちに空が入道雲に覆《おお》われて、激しい雷の音とともににわか雨が降ってきたのだ。

傘を持っていなかった私は、急いで雨宿りのできる場所へ行こうとした。ところが、防波堤が濡れていたので足を滑らせてしまったのだ。

「えっ……」

直後に飲み込んだ海水で、パニックになったことを思い出す。海の中で、もがいて、もがいて、でも沈んでいくばかりでどうにもならない。意識を失う寸前、私が最後に見たものは、頭上の海面に浮かぶプラスチックのゴミだった。

おじさんが隣に来て私の背をさすってくれる。

「……若い方が亡くなるのは、こうした立場となってもつらいものです。まして、一緒に暮らし始めた頃の千代子《ちよこ》と同じ年頃となると……」

おじさんに体を支えられ、私はお店の中へ連れていかれた。一番奥の、ふたり掛けのテーブルの席に案内される。自分の身に起こったことが信じられず、私は泣きじゃくった。

「お母さん、お母さんに電話しなくちゃ。きっと出てくれる。出てくれるもん。ねえ、おじさんって神様なんでしょう？　お願い。電話させて。きっと心配している」

「その願いは、残念ながら叶えられません……」

真っ白なテーブルクロスの上に、茶色いメニューがそっと置かれる。

「私はこのレストランの支配人であり、お客様のお好きな料理をお出しすることしかできません」

私は悲しくて、怖くて、涙を止めることができなかった。

「お、腹《なか》なんて全然空《す》いてない。ユーレイなのにどうして空《す》くのっ」

おじさんが黙ったままメニューを開いてくれる。すると、中から七色の光が飛び出て辺りに散った。アニメの魔法みたいな色鮮やかさだ。赤の光にイチゴを、黄の光にバナナを、白い光にバニラを思い出す。

私は白紙のメニューを前に「チョコレートパフェ」と呟《つぶや》いた。

「パフェが食べたい。私が一番好きだったパフェ……勇気の出るチョコレートパフェ……」

『ここのファミレスのパフェが美味《おい》しいんだよ』――私はそう言って、あの日、目を真っ赤に腫《は》らした羽柴を誘った。

◇◆◇◆◇

「は……初めまして。羽柴あゆみです。陸上をするのは初めてです。よろしくお願いします」

通っていた中学校の入学式から一週間後、一年生の入部の挨拶《あいさつ》の日、そう言って陸上部の部室で頭を下げた羽柴の第一印象は、「なんだか暗そうな子だなあ」だった。

肌は不健康に青白く肩までの髪は真っ黒で、どちらかと言うとずっと本を読んでいそうだ。他の一年生にも初心者はいたけど、皆気が強そうか明るそうだったため、羽柴は逆に目立っていた。

実際、何気なく本人に聞いてみると、小学校では引っ込み思案のあまりに虐《いじ》められ、休み時間は図書室に籠《こも》り切《き》りだったらしい。

「ねえ、じゃあ、どうして陸上部に決めたの？　運動部なら他にもあるじゃない」

私と同学年である二年生の部員が興味津々《きょうみしんしん》で顔を覗《のぞ》き込むと、羽柴はおどおどしながら私に目を向けた。

「えっと……結城《ゆうき》先輩がいたからです。同じ小学校で……」

「えー⁉　菜々美《ななみ》が理由⁉」

これには私も目を丸くした。すると羽柴が、やっぱりおどおどと説明してくれる。

彼女は小学生の頃、勉強も運動も苦手で、自信がまったくなかったのだそうだ。なのに、五年生のときの運動会では百メートル走に出場することになり、案の定ビリになってクラスメートにからかわれた。穴があったら入りたいほど惨《みじ》めだったという。

ところが、落ち込む羽柴の肩を後ろから叩《たた》いた六年生がいた。

『ねえねえ、すごかったね』

『す、すごいって……？』

また馬鹿にされるのかと半泣きになっていると、その六年生は『フォーム！』とにっと笑って、腕を振って走る真似をしてみせた。

『あんたのフォーム、五年の中で一番よかった。ほんとだよ。外のクラブで走っているの？』

『いいえ。私、学校では書道部です……。他には何もやっていません』

『えーっ、練習してなくてあれなら、呼吸法勉強して、筋肉をちゃんとつければ、絶対速くなると思うよ！』

そんなことを言われたのは初めてだった羽柴が、びっくりしてその子を見つめていると、『おーい、六年の百メートル走選手、集合！』と、運動会の進行役の先生の声がした。

『あ、じゃ、またね！』

やがて、六年女子百メートル走の最初のレースで、その六年生がスタート地点についているのが見えた。

『位置について、よーい……』

スターターピストルの乾いた音が青空に響く。羽柴は直後のその走りに『わっ』と口を押さえたと語る。

「――すごく速くて、最初から誰も結城先輩には追い付けなくて……」

そんな六年生――私、結城菜々美の走る姿に感動したのだそうだ。

「きれい、だったんです。無駄がなくて、体勢がずっと崩れなくて」

羽柴のこの言葉には、今度は私が感心した。まだ陸上の経験も知識もないのに、フォームの善《よ》し悪《あ》しがわかっただなんて。

「先輩みたいな人によかったって言ってもらえたんなら、私もやれるかもしれない、頑張れるかもしれないって思ったんです。それで、いつかあんなふうに走れたらって……」

後輩に憧れられて気分が悪いはずがない。

「ふーん、そうなんだ」

私は素《そ》っ気《け》ない振りをしながらも、この子は可愛がってやろうと決めた。

今思えば私はなんて嫌な子だったんだろう。そんなことを考えられたのは、自分が圧倒的に有利な立場で、それがずっと続くものだと思い込んでいたせいだ。

私の通っていた中学校は陸上、バレー、剣道が強く、陸上部に入部する生徒が多かった。とは言っても、初めの三ヶ月から半年で辞める子もそれなりに出る。もともと陸上に向いていなかったり、練習についていけなかったり、人間関係で躓《つまず》いたりと理由は色々だ。

彼らみたいにすぐ辞めるだろうと、皆が賭けていた羽柴だが、意外なことに歯を食い縛って頑張った。面白半分の二年、三年に虐《いじ》められてもいたのに、つらそうではあっても退部届を出すことはなかったのだ。

羽柴が入部して一年近くが過ぎた頃。

授業が終わってやっと走れると私が部室に飛んでいくと、ロッカーの前でしゃがみ込んだ彼女が小刻みに体を震わせ、声もなく泣いていたことがある。

「何、羽柴、どーしたん」

駆け寄った私は、開いたロッカーを覗《のぞ》き込んで声を失くす。羽柴の大切なランニングシューズが、油性マジックで落書きされていたのだ。「死ね」とか「辞めろ」といった悪口に、頭が一瞬で熱くなる。

「ひどい。誰やったん⁉」

「わかりません……」

何人もの部員の顔が思い浮かぶ。羽柴が暗くて嫌いと言っていた三年生、羽柴に抜かれて面白くなさそうだった二年生、羽柴の悪口を言っていた一年生。でも、誰が犯人でも証拠がない。どちらにしろ今日の練習は無理だろう。

羽柴が目を擦《こす》りながら泣き声で尋ねてくる。

「先輩……私ってそんなにウザいでしょうか。やっぱり辞めたほうがいいんでしょうか」

「何言ってんの⁉　ここまで頑張ったのに‼　羽柴、もう一年で一番速いんだよ⁉」

私は「行ってくる」と羽柴に声を掛けた。

「私も付き合うからさ」

「行くってどこへですか」

「先生に報告して、今日は休みますって言うの。私も付き合うからさ」

「えーっ……。いいですよ。ひとりでできます」

「できないって。目真っ赤なのに。冷やしてきなよ」

私は羽柴を残して職員室に駆け込み、顧問の先生へこんなことがあったと報告して、今日は自分も部活を休むと宣言した。先生は大会でよく記録を出す私を贔屓《ひいき》していたので、すんなりとその日の練習をサボる許可が出る。

私はやっと泣きやんだ羽柴と帰り道を歩いた。学校の最寄りのバス停を横目に、左手のパーに右手のグーを叩《たた》きつける。

「あー、ムッカつく。誰やったかわかったら絶対シメる」

「もう、いいです」

「よくないよ！　あんたがよくても私がよくない‼」

こんな嫌がらせをするよりも走りで戦え、と腹が立って仕方ない。苛立《いらだ》ちのまま早足になったところで、百メートルほど先にある大型ショッピングセンターが目に入った。三階建てのそこは、食料品から洋服まで売っていて、私も週末には家族揃って車で買い物に来る。

あの三階には、昔曾《ひい》お祖父《じい》ちゃんとよく行ったファミレスがあった。私はあの店を気に入っている。時々窓から空を飛ぶ鳥が見えるのだ。

「羽柴、ちょっとあそこ寄ってかん？　気分転換しようよ」

「でも、学校帰りの買い食いは禁止で……」

「誰も見とらんって。入るよ！　ここのファミレスのパフェ、絶品なんだから」

羽柴は私には決して逆らわない。結局、おどおどしつつも私の後についてきた。店員さんを待つ間、店内を珍しそうに眺める。

レンガ風の壁にストライプの天井がちょっとお洒落《しやれ》な店だ。木のテーブルの茶色が目に優しくて気持ちが落ち着く。ソファも椅子も細かなストライプ柄だ。

四人掛けのテーブルとソファの席がほとんどで、ひとつひとつのブースが仕切られている。百人くらいは人が入りそうだ。大型ショッピングセンターの中にあるので面積も広い。

そうは言っても、どこにでもあるファミレスだ。羽柴は何がそんなに面白いのか。

「羽柴、ここ来るの初めてなの？」

「はい。それに、私、友だち……あっ、すいません。先輩とこういうところに来たのも初めてで……」

「別に友だちでいいよ」

ファミレスは平日なのに結構、こんでいた。ドリンクバーのコーナーには人が並んでいる。でも、同年代の子や見知った顔はなくて、羽柴はほっと胸を撫《な》で下《お》ろしていた。

「あんた、ほんと気が小さいね。バレたって大したことないよ。どーんと行こうよ」

「すいません……」

「あのねー、ここって謝るシーンじゃないでしょ」

「……すいませんっ」

私たちは窓側の四人掛けの席に案内された。早速メニューを開いてページを捲《めく》る。

夕飯にはちょっと早いこの時間なら、おやつだろうか。

クリーム色のバニラアイスも、メロンの載ったケーキも、メープルシロップの掛けられたパンケーキも捨てがたいけど、私はやっぱりチョコレートパフェがよかった。

「羽柴、決めたー？　私、奢《おご》るから。なんでも頼みなよ」

「なんでもいいんですけど……」

「じゃあ、あんたもチョコレートパフェね。ここの美味《おい》しいんだ」

お姉さんにチョコレートパフェをふたつ注文する。それから十五分ほど喋《しゃべ》りながら待っていると、やっと目当てのものが運ばれてきた。

「わ、すごい」

「おっきいでしょ」

一番下にはチョコレートソースが敷かれて、とろりとしたバニラアイス、コーンフレークが地層みたいになっている。上にはチョコアイスといちごアイスが盛り付けられて、イチゴとバナナと生クリームがどんと載っていた。

「いっただっきまーす」

私はすぐにスプーンでいちごアイスを掬《すく》った。羽柴は目を輝かせて生クリームを口に入れる。半分ほど無心でチョコレートパフェを頬ばったところで、ふたり揃って
「く〜っ」とグルメ漫画みたいな声を上げた。

「美味《おい》し〜い」

「でしょでしょ？　これねえ、曾《ひい》お祖父《じい》ちゃんとよく食べたんだ」

「えっ、すごい。先輩、曾《ひい》お祖父《じい》ちゃんがいたんですか？」

「そうそう。ちょっと前に死んじゃったんだけどね。曾《ひい》お祖父《じい》ちゃんもずっと昔、陸上選手で、その頃の日本では結構速かったんだって。でも、大きな大会で優勝したことはないの。私、曾《ひい》お祖父《じい》ちゃんの代わりに絶対に女子で一番になるんだ」

その曾《ひい》お祖父《じい》ちゃんは私が運動会や大会の代表になるたびに、このファミレスでチョコレートパフェをご馳走《ちそう》してくれた。曾《ひい》お祖父《じい》ちゃん自身も甘いものが大好きだったのだ。

「でさ、このファミレスのチョコレートパフェを食べると勇気が出て、いい結果にな

るの。だから、大会前には必ずここのチョコレートパフェ。ジンクスになっちゃってさ」

私はスプーンを握り締めると「羽柴」と呼びかけ、彼女の目をじっと見つめる。

「あんたも負けちゃダメだよ。辞めるなんて私が許さない」

羽柴は目を瞬《またた》かせて「でも……」と目を伏せた。

「でも、じゃない。いい？　あんたは勝てる。あんなことした奴らに走って勝つんだよ‼」

「でも……でも」

「羽柴‼」

私は他のお客さんが振り向くほどの声を上げた。羽柴もびっくりしたのか顔を上げる。

「絶対に勝てる‼　だって、ここのチョコレートパフェ食べたんだから」

羽柴は何分か黙り込んでいたけど、やがて、小さな声で「わかりました」と答えた。

ナプキンを鼻に当てて深呼吸する。

「……もう少し、頑張ってみます。先輩は応援してくれますか」

「もちろんだよ‼」

私は鼻息も荒く大きく頷《うなず》き、その勢いで残りのチョコレートパフェを掻《か》き込《こ》んだ。

羽柴がぷっと噴き出して、涙を拭《ぬぐ》いつつ笑う。

「先輩すごーい。おっきな口」

「羽柴、あんた生意気だよ、それ」

私たちはその日、真っ暗になるまで喋《しゃべ》りまくった。そう言えば物心がついて以来、少しも走らなかったのは、この日が初めてだった気がする。なのに、走るのと同じくらい楽しかった。

◇◆◇◆◇

あのときのファミレスとは違って、このレストランにはＢＧＭも、お客さんのお喋《しゃべ》りも、羽柴の弾けるような笑い声もない。

どれだけお洒落《しゃれ》でも、きれいでも、こんなに静かな場所は嫌いだ。過去を振り返って見つめ直すしかやることがない。羽柴に嫉妬《しっと》して、笑い合ったことすら忘れていた、自分の弱さを思い出してしまう。

やりきれない思いで拳《こぶし》を握り締め、唇を噛んでいると、おじさんが銀のお盆に載せたチョコレートパフェを運んできた。

あっと驚き、テーブルの上に置かれたそれに目を瞬《またた》かせる。

あのジンクスのあるチョコレートパフェだった。刺さったバナナの角度までそっくりだ。

おじさんが手を差し伸べて「どうぞ」と微笑《ほほえ》む。

「ご注文のチョコレートパフェです」

私はスプーンを手に取りアイスクリームを掬《すく》った。口の中に、バニラの香りと爽《さわ》やかな甘さが広がる。

「美味《おい》しい……」

死んでるのに美味《おい》しいと感じた。美味《おい》しかったって記憶だけは残るんだ。

いつか曾《ひい》お祖父《じい》ちゃんと一緒に食べたチョコレートパフェ。羽柴を勇気づけるために食べたチョコレートパフェ……

自分でも言葉にできない感情で胸が一杯になり、込み上げる何かを堪《こら》えて顔を伏せる。

「おじさん、あのね……私、これに勝手に〝勇気の出るチョコレートパフェ〟って名前つけてたんです。羽柴も気に入ってくれて……だから……もっと好きになって……」

かけっこと、このチョコレートパフェが大好きだった。だからまさか、そのふたつを見るのもつらくなる日が来るとは思わなかったんだ。

「勝てなくなるなんて、思わなかったなあ……」

私は溜息をつきつつ瞼《まぶた》を閉じて、高校一、二年生でのつらかった日々を思い出していた。

◇◆◇◆◇

中学を卒業後、私はスポーツ推薦で市内の私立高校に進学した。陸上はもちろん野球、サッカー、女子バレーの強豪校で、全国的にもレベルの高いスポーツ校だ。

私はここで八〇〇メートルの選手になり、一年生で県大会の一位をとった。

ところが、インターハイの出場資格を得て、予選に出場したときのことだ。選手のひとりに見知った顔がいるのに気付く。

中学一年生の頃の同級生で、同じ陸上部だった子だった。部員の中では遅いほうで、インターハイにはとても手が届かないはずの子だ。二年になる直前に九州に転校したので、名前なんて忘れてしまっていた。出場者名簿で見ても思い出せなかったくらいだ。

この二年でどれほどの実力をつけたのだろうか。どんな走りをするのか興味はあったものの、そのときには正直、まだ彼女を侮《あなど》っていた。

そんな自分が馬鹿だったと理解したのは、トラックでスターターピストルが鳴った後だ。

　ピストルが鳴って数十秒は、富山の高校の二年生が先頭、私が二番だった。ところが、二週目に入ったところで、その子が後ろから抜けて出てきたのだ。私をたちまち追い抜き、そのまま走っていく。

　馬鹿なと驚く間に私はさらにふたりに抜かれ、呼吸を乱した。失敗に動揺しているうちに、彼女は先頭を追い抜き、トップに躍り出る。

　ようやくゴールしたとき、私は五位だった。決勝どころか予選で最低の結果だ。開催地が母方の祖父母の暮らす土地で、今日見に来ると言っていたし、絶対に絶対に勝ちたかったのに。ほんの一瞬の動揺で何ヶ月もの努力を台無しにしてしまった。

　呆然と立ち尽くす私の肩を、慌ててやってきたらしいコーチが叩《たた》く。

「おい、結城、お前、どうしたんだ？　調子悪かったのか⁉」

「いえ……」

　そう答えるのがやっとだ。肩を抱かれてベンチに座らされ、「ほら、飲め」と手渡されたスポーツドリンクの味もわからない。

　生まれて初めて負けたショックで、同じ学校の部員に慰《なぐさ》められているのに、私は生返事しかできなかった。

　インターハイの女子八〇〇メートルの一位は、その子ではなく千葉県の高校の三年生だった。彼女は中学校の頃から注目されていた選手で、皆そのリザルトにはやっぱりなと納得している様子。対照的だったのが、私と三位となったその子だ。

私は中学から注目され、今回の大会でも入賞が有力視されていた。ところが、予選落ちという信じられない結果。一方で、その子は中学三年から急激に記録を伸ばしたらしい。そして、見事三位で入賞を果たした。

「なんで……」

足もとのコンクリートに目を落として震える声でそう呟《つぶや》く。

そして、初出場のインターハイで負けて以降、私は伸び悩むことになった——どれだけ頑張っても自己ベストが更新できず、それどころか遅くなっているようにすら思える。これではスポーツ推薦で入った意味がない。焦《あせ》れば焦《あせ》るほどうまく行かなくなって、典型的なスランプに陥《おちい》る間に、私は二年生になった。

この年、ある出来事が起こる。なんと、羽柴が同じ高校に入学したのだ。スポーツ推薦ではないものの、やっぱり陸上部に入部してきた。

彼女は中学時代とそんなに変わらなかった。相変わらず暗くておどおどしていて、変わったのは日に焼けた肌くらい。

部室で開いた新入生歓迎会では、知らない人ばかりで怖気《おじけ》づいたのか、私の隣の席に座り込んだきり、くっついて離れようとしなかった。

「あの、先輩、オレンジジュースどうぞ」

羽柴が私の紙コップにジュースを注ごうとする。

「羽柴、さっきから自分は飲んでないでしょ。あんたも飲んで食べていいんだよ」

ふたつのテーブルをくっつけた大テーブルの上には、コーチたちからの差し入れと、持ち寄った山ほどのお菓子がある。

「いいんです。そんなに食べられるほうじゃなくて、夕飯入らなくなるので」

照《て》れ臭《くさ》そうな彼女の横顔を眺めるうちに、私はなんとなくからかいたい心境になった。ジュースを呷《あお》って頬杖をつく。

「ねえ、あんたまさか私を追っかけて来たとか？」

「ええっ、違いますよ！」と笑って否定されるつもりだった。ところが羽柴は、笑いはしたものの、「半分そうです」と答えたのだ。

「陸上は続けたかったし、できれば自己ベストも伸ばしたいから、評判のいい顧問のいる学校がよかったんです。一応、受験は二校受かったんですけど、先輩がいるほうにしちゃいました」

私たちのいる県の高校受験は公立、私立を一校ずつ受けることが多く、公立に合格すれば、そっちに行く人がほとんどだ。

「えーっ、そんな決め方でよかったわけ⁉」

目を丸くする私に、羽柴は「よかったんです」と笑う。

「だって私、ずーっと先輩の背中、追い掛けているんです」

マーブルチョコをひとつ口に入れ、「甘い」と言って目を細めた羽柴が、私を見つめた。

「あのチョコレートパフェ、最高のお守りですね。受験、成績でちょっと不安だったんですけど、前の日に食べたら合格できました」

ずっと私の背中を追い掛けてきた――その言葉を聞いた途端に、肩にずしりと何かが伸《の》し掛《か》かる。きっとプレッシャーや、自信のなさや、罪悪感がごちゃ混ぜになったものだ。

今の私は、羽柴が憧れた頃の私じゃないのに。

同時に、自分は何をやっているんだろうと情けなくなる。羽柴がここまで言ってくれていても、みみっちいプライドを打ち砕かれて、たったそれだけで立《た》ち竦《すく》んでいるなんて。

羽柴が憧れてくれた私に戻りたい――心からそう願った。自分のためにではなく、羽柴のために頑張りたいと思った。

「おーっ。あのチョコレートパフェ、やっぱり効果あるんだね」

私もマーブルチョコを摘《つ》まんで口に入れる。その味は、あのチョコレートパフェより少し苦い気がした。

翌日から私はコーチに相談し、基礎から根本的に練習メニューを見直すことにした。今まで勝てたのに急に勝てなくなったということは、決してメンタル面だけが原因ではなく、技術的な問題もあるだろうと指摘を受けていたためだ。

コーチの用意したメニューに合わせ、校庭では動き作りを中心にトレーニングと補強をこなし、練習場のひとつである陸上競技場に行ったときには、スピード練習とレペティショントレーニングを強化する。

そうして黙々と練習を繰り返して、一週間ほどたった頃のことだ。

その日は陸上競技場での練習日で、トラックもフィールドも、それぞれの種目の部員たちで賑やかだった。一年から三年まで、陸上部の部員が勢ぞろいしている。

もちろん、一年の羽柴も一緒に来ていた。私たち二年と三年が走った後で、試しに走ってみるようだ。

陸上経験者の中には中学校で一〇〇メートル、二〇〇メートルの短距離の記録が伸びず、四〇〇メートルや中距離、長距離に転向したいと申し出ている子もいる。コーチは適性を見るために、全員を走らせることにしたらしい。

羽柴はトラックの三レーンにいた。彼女は私と同じ八〇〇メートルだ。どれだけ成長したのだろうとワクワクする。

青い空の下にスターターピストルの音が響く。隣にいた二年生の部員のひとりが、「へえ」と感心したように羽柴に目を向けた。

「あの子、三レーンの一年、いい体してるねー」

「何、あんた痴漢する気？」

私がその子を小突くと「違う、違う」と笑われる。

「膝から下がすごく長いでしょ。下半身もしっかりしているし、ふくらはぎの端も細いじゃない」

言われてみれば、確かにそうだ。

「いいなー。私、真逆の体型なんだよね。陸上はやめないけど、絶対、菜々美とかみたいにはなれないだろうし、思い出作りで終わるんだろうな」

「何言ってんの。ここまで来たんだから、頑張ろうよ」

私はその子の背を叩《たた》きながら、改めて走る羽柴を眺める。確かに陸上向きの体型だ。

「あ、羽柴すごい」

五位だったのが四位、三位、二位にまで追い付く。結局一位にはなれなかったものの、なかなかの順位だ。陸上初心者だった頃を知る私にとっては、ネズミみたいだった原始的な哺乳類が、人間にまで進化したのを目の当《ま》たり《あ》にした気分だった。

「やっぱり羽柴って子すごいねー。もうちょっとで一位だったのに。一位の子、去年の全中陸上で入賞してたんだよ。ほぼ同格って感じ」

　私はその言葉にびっくりして「えっ」と声を上げる。

「ウッソー。だって羽柴って大会で入賞したことないんだよ」

「でもさ、短距離とか中距離って運もあるでしょ。コーチと合わなかったら伸びにくいし、予選でたまたま体調悪かったりさ〜。私なんていつもそうだもん」

　改めて羽柴に目を向けその走りを思い出す。中学のときより格段に速くなっていた。少し癖のあるフォームを直せば、もっとよくなるんじゃないだろうか。そう、私よりもずっと速くなるんじゃ……

　不吉な予感にぞくりと背筋に寒気が走って、私は首を横に振った。

「どうしたの、菜々美」

「ハエ飛んできてさー」

「うわ、それ臭《くさ》いんだよ、きっと」

「えー、じゃあ、うーちゃんにこすりつけてきれいになるわ」

「やめてよー！」

　私はふざけ合いつつ、横目で羽柴を見る。彼女は興奮した様子のコーチに、しきりに肩を叩《たた》かれていた。

二年のインターハイの地区予選になる頃には、私は記録会で自己ベストを出すまでに回復した。これはひたすら努力したおかげだけじゃなくて、羽柴を意識せずにはいられなかったせいだと思う。

羽柴はどうもコーチに気に入られたようで、例の一位の一年の子とふたり、あからさまに贔屓《ひいき》されている。面白くなくなる子が出てくるのも当然だった。

けれど、一位の子は中学校での実績があり、多少の優遇は仕方がないとも考えられている。その点、入賞経験のない羽柴は違った。内気な性格も災いして、一年生たちを苛立《いらだ》たせ、羽柴は中学一年の頃と同じように、コーチにはばれにくい、陰湿な虐《いじ》めを受けるようになる。

一番ひどかったのが練習中に着替えを盗まれて、練習着で帰らなければならなかったことだ。

羽柴は消えてなくなりたい気持ちだったろうに、私は忙しさを言い訳にして、今度は彼女を庇《かば》わなかった。庇《かば》っていたなら、止められはしなくても、あんなにもエスカレートしなかったのに。

私は羽柴が怖くなっていたのだ。ずっと私の背中を追い掛けてきた——いつの間にかその関係が逆転して、私が彼女の背中を見ることになるのが怖かった。

このまま心の折れた羽柴が退部すれば安心できる。人には言えないそんなどす黒い思いが、澱《おり》になって心に溜まっていく。

ところが、羽柴は私が思っていたより強かった。悔しさやつらさをバネにしたのだろうか、何をされても何を言われても、黙々と練習を続け実力を伸ばしていったのだ。

一方、私はスランプからは抜け出したものの、運悪く自分の実力以上の選手が次々現れたことで、地区予選であえなく敗退する。コーチには「また来年があるから」と慰《なぐさ》められた。

けれど、その頃からコーチの私に対する態度が変化する。きっとコーチは変えたつもりなんてなかったのかもしれない。でも、私にははっきり違うと実感できた。

ほんの少しだけど、私に掛ける時間が短くなった。ほんの少しだけど、私への態度がそっけなくなった。

すべてほんの少しだったが、私にはそれがつらかった。そのほんの少しが向かう相手が羽柴なのだとは、思いたくない。

私はまたコーチに目を掛けてほしいと、毎日死に物ぐるいで努力するしかなかった。ところが、その年の九月にあった高校新人大会で事件が起こる。なんと、羽柴が八〇〇メートル女子で、大会新記録を出したのだ。後にインターハイで入賞しているOGの記録を塗り替えてしまった。

これには他の一年女子も驚いたみたいだ。同時に、羽柴には贔屓《ひいき》されるだけの実力があり、自分たちは及ばないのだと思い知ったらしい。虐《いじ》めは徐々に収まり、今度は遠巻きにされるようになる。

羽柴は友達のできにくい性格だし、クラスでも孤立していると聞いていた。クラスでも部活でもそうでは寂しかっただろう。

このとき一言声を掛けることができていたら、「一緒にパフェを食べに行こう」と誘っていたら、私はまだ生きていたのかもしれない。自分の負の感情にけじめをつけて、未来を見つめられたのかも。

だけど、私は羽柴よりずっと臆病で、ずっと卑怯《ひきょう》だった。

秋が過ぎ、あちこちにある広葉樹の落ち葉が散って、校庭が黄色に染まる頃のことだ。

私は朝練をしに皆より一足早く学校へ向かった。一番乗りにグラウンドに足を踏み入れるのが好きなのだ。

ところが、その日はもう先客がひとりいて、学校のジャージ姿で短距離を流していた。

「あー……もう人いたのかー……」

どうしよう、戻ろうかなと迷う。伸び悩み、ちょっと疲れていた私は、自分が練習するところをなるべく人に見られたくなかった。近くにあるドーナツ屋にでも入ろうと、身を翻《ひるがえ》す直前にそれが羽柴だとわかる。

「羽柴……」

羽柴は私が来たことに気が付いていないようだ。さらにもう一本流して、トラックの途中で立ち止まる。そして、少し曇《くも》った空を仰《あお》ぎ見たかと思うと、真っ直ぐに前を見つめ全速力で駆け出した。

――速い。

私は息を呑んだ。まるで鳥が空を飛ぶように、星が流れるように駆けている。フォームをコーチに直されたのだろう。癖が取れて、私が憧れている世界記録を持つ選手と、とてもよく似たものになっていた。

こんな短期間でこんなに改善できるだなんて。

妬《ねた》みを忘れて彼女に見入る。

きっと、四百メートルは走っただろう。羽柴の足がようやく止まる。あれだけ飛ばして苦しくなったのか、膝に手を置いて荒い呼吸を繰り返していた。やがて、それも落ち着き、羽柴は体を起こすとまた空を仰《あお》ぐ。今度はいつまで経ってもその姿勢のままだ。

何があったのだろうと気になって目を凝《こ》らし、泣いているんだとわかった私は、目を瞬（またた）かせた。　羽柴は空を眺めているんじゃない。　涙を流さないために上を見ていたのだ。

彼女はぐいと腕で涙を拭《ぬぐ》い、前を見据《みす》えてまた走り出す。たったひとりで、それでも真剣に。

その孤独で気高い姿を、美しいと思った。生まれて初めて人を美しいと感じた。

そんな自分の感情が理解できずに、後ずさった私はその場から走り出す。走りながら忘れなければと強く思った。だって、あんな姿を見せつけられたら、自分の醜《みにく》さを余計実感してしまう。

こうして私は、羽柴からも、自分からも逃げ出したのだ。

最後になるはずだった三年のインターハイ。私は二年のときと同様、地区予選で敗退した。皆が『残念だったね』と慰《なぐさ》めてくれたけど、その関心がすでに他――羽柴に、向いていることはわかっている。

同じ地区予選にエントリーしていた彼女は、なんと二位でインターハイに出場することになった。たった二年で光と影が入れ替わる。羽柴はコーチにも皆にも期待された代表で、私はもう伸びしろのない三年生だ。

それでも、引退までは練習には参加しなければならないし、進学したい大学でも陸上を続けることが期待されている。これまで陸上しかやってこなかった私には、別の道を選ぼうにもその道が見えない。

この頃には私はいつも疲れていた。十八年間走り続けてきたことの疲れと、人を妬《ねた》んで憎んできたことの疲れだ。

そんな私に、世界は優しくない。地区予選後のインターハイの壮行会では、見送る側に立たされる。

壮行会は男子・女子・保護者合同で、部員の両親が経営する焼肉屋で行われた。パーティ会場みたいな中華風の広い部屋で、舞台やカラオケなんかもある店に、私以外の部員はこんなの初めてだと興奮していた。コーチが司会者となって壇上に現れる。

「えー、それでは、宗谷《そうや》高校インターハイ壮行会を開催します。まずはこの場をご提供いただきました田丸《たまる》さんに感謝申し上げます。部員のご家族の方々にもご協力いただき、まことにありがとうございました。選手らがここまで来られたのも、皆様のおかげです。それでは、出場選手の入場です」

コーチの合図からしばらくすると、ユニフォームを着た羽柴を含む三人の女子、ふたりの男子が並んで舞台の中央に立つ。皆から一斉に拍手が送られた。他の四人は照《て》れ臭《くさ》そうにしているのに、羽柴はあちこちから見られて居心地が悪そうだ。

「今回、見事地区予選を突破し、出場するのは大西幹《おおにしみき》君、吉川智樹《よしかわともき》君、三木《みき》きらりさん、羽柴あゆみさん、田中舞香《たなかまいか》さんの五名です。では、左から順に自己紹介をしてもらいましょう」

「ええ〜、ただいまご紹介にあずかりました、大西、大西、大西幹と申しまぁす。どうぞよろしくお願いしまぁす」

マイクを手渡された大西君が、選挙演説の真似をして、実にノリよく自己紹介する。陸上部には明るいタイプが多く、続く三人も会場を笑わせてくれた。

羽柴の順番は最後だ。マイクを手渡された時点で手が震えていて、緊張しているんだとすぐにわかった。大丈夫かなと心配になって、私まで緊張する。

「あの、こんばんは。羽柴あゆみと申します。今回初めてインターハイに出ることになりました」

羽柴は無理にお笑いに走ろうとはしなかった。少し震えた声で、でも微笑《ほほえ》みながら語る。

「本当にこれは夢ではないのかと、今でも信じられない思いで一杯です。その……私は小学校までずっと運動ができなくて、引っ込み思案で、このままじゃ駄目だと思って陸上を始めました。憧れている人がいて、その人みたいになりたいと思ったんです」

会場はいつの間にか静かになり、皆が羽柴の言葉に耳を傾けていた。

「毎日走るたびに私は強くなっているんだと、自分に言い聞かせています。でも、やっぱり人との勝負になるとすごく怖くなって、それだけはどうしても治りません。自分はできると、どうしても思えませんでした。実は、今も治っていません。だから、私はこう考えることにしたんです。勝つんじゃなくて、逃げないようにしようって。そう思ってずっと走っています」

私は、はっと息を呑む。

「これからも、逃げずに全力で頑張ろうと思います。どうぞよろしくお願いします」

羽柴の自己紹介が終わるのと同時に、どこからともなく小さく手を叩《たた》く音が聞こえる。拍手が漣《さざなみ》のように広がっていった。

羽柴を見つめる皆の目は温かい。彼女に嫌がらせをした部員も、決まりが悪そうに手を叩《たた》いている。きっと、これが羽柴が本当に認められた瞬間だった。

だけど、私にとっては羽柴のスピーチは、自分の弱さを暴き立てるものでしかなかった。勝つんじゃなくて、逃げないようにする――それこそが、私ができなかったことだ。そして、一生できない気がした。

その後出されたせっかくの焼き肉も、ゴムを噛んでいるみたいな味しかしない。

羽柴はパーティの最中に私をちらりと見て、近くの席に来て話したそうにしていた。でも私は、できるだけ友だちと一緒にいて、なるべく目が合わないようにする。こんな気持ちで羽柴と話したくはない。今さらプライドなんてあってないみたいなものでも、羽柴だけには弱い人間だと知られたくなかったのだ。

結局、私と羽柴は壮行会ではまったく話さず、その明後日《みょうごにち》、彼女はコーチと四人の代表とともに、インターハイ陸上の開催地へ出発した。


残された部員や生徒はいつも通りの生活になった。私も学校へ行って授業を受け、お昼ご飯を食べて、放課後は部活で練習をする。

だけど、八〇〇メートル女子の予選が行われるその日。私はどうしても学校に行く気になれず、生まれて初めて高校行きのバスを見送り、授業をサボって海を見渡せる防波堤へ出かけた。飼い犬の散歩によく行くところで、潮風を感じられるお気に入りの場所だ。

せっかくの夏だというのに、私以外に人はいない。早速縁に腰を下ろして足を宙に投げ出す。

空の水色と海の藍色《あいいろ》がどちらもくっきりとしていて、世界がふたつに分かれているように見えるのが面白い。どれだけ長い時間見つめていても、不思議と飽きなかった。

少し激しい波の音を聞き、空の広さ、海の深さを感じながら考える。

私はなんてちっぽけなんだろう。どうしてちっぽけなことで悩んで、苦しんで、自分を追い詰めているんだろう。

瞼《まぶた》を閉じると初めての運動会で一等になり、白いテープを切ったあの日が浮かぶ。

そして、これからどうしようと思いを巡らせた。

コーチは、もしスポーツ推薦が無理で一般入試になっても、スポーツ学科への入学は可能だし、大学で陸上を続けるのもいいだろうと言っている。

中学で伸びる生徒もいれば高校で伸びる生徒もいるのだ。大学でいきなり優勝することもある。自分は高校三年間しか指導できず、どうしても偏《かたよ》りが出るけど、大学ではまた違う視点を持った指導者がいるので可能性を限定してはいけない、と諭《さと》されていた。

でも、心が折れてしまった私に、それだけの気力は湧いてこない。

明日が見えず漠然とした不安の中で、壮行会での羽柴を思い出す。あのときの彼女も、どこか不安そうな表情だった。彼女は私に何を話したかったんだろう。

考え込むうちに時間が過ぎ、はっと気が付くと辺りが薄暗くなっていた。数秒後、空からいくつもの水滴が落ちてきて、やがて激しい雨となり防波堤と私を濡らす。

「わっ、やだ、ついていない。傘ないのに」

防波堤から五分の道路沿いには屋根付きのバス停がある。そこで雨宿りをしようと立ち上がったとき、ポケットに入れていたスマホが震えた。

まさか、サボりがばれた？　掛けてきたのは学校の先生か、それともお母さんか、と慌てる。直後に液晶の画面を見て目を剥《む》いた。なんと羽柴からの電話だ。

時間を確かめるともう十一時二十分を過ぎていて、彼女の出場する八〇〇メートル女子予選まで三十分もない。

「あいつ、何やってんの……⁉」

私は通話のバーをスライドさせ電話を取った。

「もしもし、羽柴⁉」

『あ〜、よかった。繋がった。ゆうき、せんぱ、い……』

鼻声で、時々ずずっと啜《すす》り泣く声が聞こえる。

「ちょっと羽柴、今何してるの⁉　どこにいるの⁉　どうして泣いているの⁉　もうすぐ予選なんでしょ⁉」

『……トイレの中です』

羽柴はついに声を上げて泣き出した。

『緊張して……やっぱり私、インターハイなんて無理です。皆あんなに速いのに』

電話の向こうで『怖い』と訴える。

『先輩、私、昨日チョコレートパフェ食べられなかったんです。コーチに、外に出ちゃいけない、冷たいものなんてもっての外《ほか》って言われて……』

「チョコレートパフェって、あんた、何言って」

『私、あれを食べていたから、うまく行っていたんです』

「は……あ？」

『勇気が出ません。どうしたらいいんでしょう……？』

羽柴の言っているチョコレートパフェは、私が勝手に「勇気が出るチョコレートパフェ」と名付けたものだ。高校二年になってもあんなジンクスを信じていたんだろうか。

『先輩、私、どうすればいいんでしょう。逃げたい……』

「あのねえ、羽柴――」

信じられない事態に私がスマホを握り直し、怒鳴ろうとした次の瞬間のことだ。力んだせいか体のバランスが崩れて足を滑らせ、そのまま海へ落ちてしまった。

悲鳴を上げる間もなく、大量の海水を飲み込む。気管までもが塩辛く、焼けるように痛くて苦しい。伸ばした手は誰にも取られることなく、私は「助けて」ともがきながら沈んでいった。

◇◆◇◆◇

私は瞼《まぶた》を閉じ、あの瞬間の絶望を思う。

「――死ぬのは、思っていたよりずっとつらかった。インターハイで初めて負けたときと同じくらい、苦しかった……」

すべてが暗闇に閉ざされるまでの間に、何度、神様に助けてと願っただろう。

チョコレートパフェのチョコアイスを一口食べる。

「でも、それ以上にこう思ったんだ。負けてもいいからまた走りたい。もう何からも逃げたくないって……」

羽柴のようになりたいと思った。今度は私がその背を見つめて、追い掛けたいと。当たり前だったんだと、今なら考えられる。何年も陸上を続けていれば、誰かに追い抜かされる日が必ず来るのだ。私だって何人もの先輩を追い抜かしてきた。

でも、それで諦めることはない。また、追い抜かれたその背中を追い掛けて、追い続けて、追い抜かせばいいだけのことだ。

私の憧れていた世界記録を持つ選手も、若い時は全然勝てなかったと聞いたことがある。大人になって実力が花開いたのだそうだ。今なら私とその人との差がわかる。きっと運や、体格や、才能だけじゃない。その人は羽柴と同じで逃げなかったのだ。

「私、これ以上逃げたくない……」

走ることはできなくなっても、逃げたくはない。

私は近くに立つおじさんを真っ直ぐに見上げた。

「おじさん。お願いがあるんです。……きっと私が最後にできること」

おじさんは優しい眼差《まなざ》しで私を見下ろす。やっぱり曾《ひい》お祖父《じい》ちゃんみたいだ。曾《ひい》お祖父《じい》ちゃんは子どもの頃、戦争中の爆撃で家族を皆亡くし、たくさん大変な目に遭《あ》ったはずなのに、どんな人にでもとっても優しくて、怒った顔を見たことがなかった。

「はい。どんな願いでしょう？」

私はおじさんに手を差し出す。

「――やっぱりスマホ貸してください。海で駄目になっただろうから」

おじさんはしばらく口をぽかんと開けていたけれども、やがて苦笑し「かしこまりました」と胸に手を当てた。

「私は昨今の電子機器にまったく明るくないのですが、最新機種とまではいかなくとも、通話には問題ない、すまあとふぉんを提供いたしましょう。一番行きたいところにお送りします」

すまあとふぉんという言い方が、やっぱり曾《ひい》お祖父《じい》ちゃんと同じで驚いた。

◇◆◇◆◇

次に瞼《まぶた》を開けると、そこは海の中でも不思議なレストランでもなく、練習に明け暮れた陸上競技場だった。

一番行きたいところにちゃんと送ると、おじさんは言っていたのに、そこは家でも大好きなテーマパークでもなく、楽しい思い出もつらい思い出もある、この場所だったのか。我ながら笑ってしまう。私は根っからの陸上女子なんだ。

今日は練習や大会がないのか、人気《ひとけ》がない。私はトラックを見回し、一レーンのスタートラインに立つ。

それから、おじさんに借りたスマホを取り出し、時間を確認して羽柴に電話を掛け直した。現実の時間は私が波に呑まれてから、五分ほどしかたっていない。今ならまだ羽柴と話せるだろう。

ツーコールも鳴らさないうちに、『もしもし……?』と声が聞こえた。

「あ、羽柴? 切ってごめん。電波悪くなってたんだ」

『い、いいんです……』

彼女はまだぐずぐずと泣いている。私はすうっと息を吸い込み、どでかい声で思い切り怒鳴った。

「この、バカ‼ 泣いている暇あるんなら、深呼吸でもして落ち着け‼」

スマホがビリビリと震えている。きっと羽柴も耳を押さえたに違いない。

『で、でも、せんぱ、い……』

「でもクソもない。あんた、自分をなんだと思ってんの？　インターハイの選手だよ⁉　出たくたって出られない奴が山といるんだよ⁉　あんたは、そのだ・い・ひょ・う、なんだよ⁉」

羽柴は『違います』と深く重い溜息をつく。

『代表になれたのは、まぐれです。やっぱり私には、そんな実力なかったんです。怖い……』

私はふんと鼻を鳴らして空を見上げる。フェーン現象なのか、今日は暑くて空が真っ青だ。こんな空の下で走るのは、とっても気持ちがいいだろう。

「それって私を馬鹿にしてんのか。私の本気はあんたのまぐれに負けるほどやわなもんじゃない」

電話の向こうで羽柴がはっと息を呑んだのを感じた。

『ごめんなさい。先輩、私、そんなつもりは……』

私は「あのね」と苦笑を交えて語り掛ける。

「羽柴、あんたは自信持っていいんだよ。チョコレートパフェも私も要らないよ。それにさー、あんたの名前って、私が憧れていた選手と同じなんだ」

『えっ、そうなんですか？』

嘘だ。

でも、羽柴なら私のことをきっと信じる。運動会のあの日以来、私のたった一言で、ずっと一生懸命頑張ってきたんだもの。

「そう。日本一になった選手だよ。羽柴とフォームそっくり。もう名前がすごいお守りだよ」

私は「それにね」と言葉を続ける。

「……羽柴は勝てる。絶対に勝てる。あんたの憧れの人が保証してるんだ。だから、その名前を聞いたとき、まっさきにあんたの名前って思えるように私の中を書き換えてよ」

『結城先輩……』

羽柴は数秒の沈黙ののち、『……はい』と答えた。

私は最後に「頑張れ」とエールを送る。

「……ずっと応援しているからね。羽柴が私の最初のファンで、私はあんたの最初のファンだよ」

『……はい!!』

電話を切ると一陣の風が吹き抜け、私の心の澱《おり》を浚《さら》っていく。遠くからは蝉《せみ》の鳴き声が聞こえた。私はその声をスターターピストルにして走り出す。

初めて走ったあの日のように、心も体も自由にどこまでも、どこまでも。
光となって空気に徐々に消えゆく手を、足を、感じながらも私は走り続けた。

◇◆◇◆◇

――最後まで真っ直ぐに前を見て走っていこう。誰よりも、あんたに胸を張れるランナーでいるために。

意気地なしのハンバーガー

The timid man's Hamburger

小学校五年の頃だったろうか。

親に内緒で幼馴染《おさななじみ》の光太《こうた》と明日美《あすみ》の三人で、街のファストフード店に行ったことがある。生まれた家が躾《しつけ》や教育に厳しく、それまで買い食いなんかしたことがなかった俺は、初めてのささやかな悪事に興奮したものだ。

どこにでもあるファストフードだったのに、あのときのハンバーガーほど美味《うま》かったものはない。

きっと隣に明日美、前に光太が座っていたからだ。光太とはポテトを、明日美とはナゲットを分け合って、俺のメロンソーダを回し飲みした。ふたりの満面の笑みを今でもはっきりと思い出せる。

あのとき俺は、どんなふうに笑っていたのだろう。

◇◆◇◆◇

『——明日の待ち合わせ場所だけど、十一時にS駅前のバーガー屋でいい？　コータはちょっとこられなくなっちゃったから、私ひとり。せっかく久しぶりに三人で集まれると思ったんだけどな』

スマートフォンの画面に次々に並ぶメッセージに目を落とし、『OK。どうせまた打ち合わせで会えるだろ』と返信する。

ビジネスケースにスマホを放り込み、自動ドアを潜《くぐ》ろうとして、俺は足を止めた。

「……んっ？」

ほんの数秒に過ぎないが立ちくらみがし、ガラスの向こうの景色が二重に揺れて見える。目を擦《こす》るとすぐに治ったものの、こんなことは初めてだ。連日の残業が疲れになって出たのかもしれない。

今日珍しく仕事が早く終わったのは、ゆっくり休めという神の思《おぼ》し召《め》しだろう。

ところが、会社を出ようとした俺の名を、背後から聞き覚えのある声が「おおい！　清水《しみず》！」と呼んだ。同僚で同期の川中《かわなか》だ。

彼は「頼む！」と必死の形相で手を合わせる。

「今夜暇か？　暇なら合コンに参加してくれるとありがたい。こっち側のひとりが急に欠席になったんだよ」

「合コン？」

そう言えば前にも誘われたことがあった。結局行かなかった記憶があるが、あのときはなんて言って断ったっけ。

「お前の分、俺が出すからさ。前、堂島《どうじま》主任連れてって、後から女子たちに大目玉食らったんだ。これ以上女の子から信用なくしたくない」

「……堂島主任って既婚じゃないか」

俺は苦笑しながら「わかったよ」と川中の肩を叩《たた》く。

「どうせ暇だから付き合う。さっきの約束守れよ」

すると、川中は「おっ？」と目を見開き、俺をまじまじと眺めた。

「そんなにあっさりオッケーすると思わなかった」

「じゃあ、どうして俺を誘ったんだよ。ほら、行くぞ」

川中と肩を並べて外へ出る。自分と似たようなスーツ姿のサラリーマンを、あちらこちらに見かけた。この辺りはオフィス街で、大手や外資系の企業のビルが、軒《のき》を連《つら》ねているせいだ。

真っ暗な空と、窓のところどころに明かりが灯《とも》る灰色のビル。その狭間を蟻《あり》みたいに動き回る暗い色を纏《まと》った人々。この街で働き二年になるが、自分がすっかりその景色の一部となっていることに、なんとも言えない感慨と一抹《いちまつ》の寂しさを覚えた。

　仕事に特段の不満はないのに、最近時々こんな気分になる。

「会場は？」

「西新宿《にししんじゅく》のイタリアン」

　女の子たちは川中の妹の友人で、全員化粧品会社に勤務する新卒だそうだ。

　川中は足取りも声もうきうきとしている。

「全員女子大卒の美人らしいぞ」

　なるほど、道理で随分気合が入っているわけだ。

　会場はいかにも女の子が好みそうなダイニングバーで、予約したテーブルにはすでに何人かが腰掛けていた。席の数からして男四人、女四人の組み合わせらしい。席にいた女の子は確かにふたりとも美人だ。あか抜けていて華やかで、明るい色のスーツとワンピースがよく似合う。隣のテーブル席の男が、ちらちらと彼女たちを見ていた。

　俺たちが腰を下ろすのと同時に、残るふたりの女の子と男ひとりがやって来る。早速ドリンクを注文して、合コンが始まった。

　女の子たちは皆話がうまくて、男に盛り上げ役を強《し》いることがない。気も利き、ドリンクが絶えることはなかった。

　川中は髪の短い子が気に入ったようで、もうすっかり鼻の下を伸ばしている。

それぞれ連絡先を交換し、合コンは大いに盛り上がっていく。二時間があっという間に過ぎ、二次会の会場に移ることになった。

川中がレジで支払いをしつつ、俺を振り返る。

「清水はどうする？　来るか？」

「いいや。悪いけど、やっぱり帰るよ。これ俺の分」

「いや、いいって。俺が無理に呼んだんだし……」

「いいから受け取っておけって。楽しかったから」

俺は川中に一万円札を握らせると、外で待つ皆に「じゃあ」と手を振った。女の子のひとりが「えーっ」と悲鳴を上げる。

「清水さん、帰っちゃうんですか？」

「うん、ごめん。明日、友人の結婚式の打ち合わせがあるんだ。スピーチを頼まれていて重要な役どころでね。酔い潰れて行けないなんてことになったら、多分俺、あいつらに殺される」

それに、さっきからなんとなく気分が悪い。頭痛と込み上げてくるような吐き気がする。酒に弱いわけではないので、アルコールのせいではないと思うものの、早くマンションに戻りたかった。

女の子は「なーんだ……」と呟《つぶや》いていたが、やがてにこりと笑って俺のもとへやっている。

「どうしたの？」

「私も帰ろうかなーって思って。酔っちゃったし」

「いや、でもね」

「いいじゃないか。送ってやれよ」

川中がニヤニヤと笑いながら、その子の背を押した。残る五人も似た表情になっている。

「じゃ、私たちも行こうか。斎藤《さいとう》さん、またね！」

「うん、また月曜日にね～」

女の子は呆気に取られている俺の顔を覗《のぞ》き込んだ。

「じゃあ、駅まで一緒に行ってくれますか？」

こんなにマイペースな子は初めてだった。

結局俺は、彼女とともに歩いて駅に向かう。斎藤さんの足取りは心なしか怪しい。

時々その腕を引っ張らなければならなかった。

斎藤さんが俺を見上げて面白そうに笑う。

「二次会行かない男の人なんて他にいませんよ。お持ち帰り目当ての男なんて、必死に飲ませようとするのに、清水さん、そんな気配も全然ないですし。だから、いいなあって思ったんです」

歩き続ける間にいつしか飲食街を抜け、ホテルがぱらぱら並ぶ通りへ差しかかる。

「ねえ、清水さん」

斎藤さんが俺の腕を引っ張った。

「休んでいきませんか？　ホテル代なら奢《おご》りますから」

「え、ちょっと、斎藤さん⁉」

「いいじゃないですか。据え膳ですよ、据え膳」

彼女の体がぐらりと傾き、俺は慌てて彼女を支える。

「大丈夫か。もう歩くのやめよう」

「だからあ！　そんな気を遣わないでくださいよ‼」

斎藤さんは涙の浮かんだ目で俺を見上げた。

「やっていいって言っているんだから、やりましょうよ」

「早く忘れたい」と言ってしゃくり上げる。その一言で大体の事情が理解できた。

「斎藤さん、もしかして、彼氏と別れたばかりとか？」

返事がないのはそうだということなのだろう。深い溜息が喉の奥から漏れ出る。

幼馴染《おさななじみ》の明日美が鈍いせいか、女の勘なんて不確かなものは信じていなかったが、案外存在するのかもしれない。きっと斎藤さんは俺に自分と同じものを感じ取り、同病相憐《あいあわ》れめるとでも思ったのではないのか。

　確かに彼女は美人でスタイルがいい。一晩を過ごせば、それなりの満足と快楽が得られそうだ。けれども、さっきから気分が優れないだけではなく、痛々しい姿に自分が重なり、どうしてもそんな欲望は抱けなかった。

「斎藤さん、ひとり暮らし？　それとも実家？」

　彼女は蚊の鳴くような声で答える。

「……実家」

「だったら、家族が心配しているだろう。住所、言える？」

「はい。大丈夫です……」

　ちょうどやって来たタクシーを止め、後部座席に斎藤さんを乗せると、体を伸ばして運転手に五千円を手渡す。

「すいません。この子が言う住所までお願いします」

「はい、かしこまりました」

　斎藤さんは俺をじっと見つめていた。ドアを閉める間際になってぽつりと呟《つぶや》く。

「……意気地なし」

　そして、それ以上何も言わずに俯《うつむ》いた。

「運転手さん、行ってください。とりあえず、曳舟《ひきふね》駅までです」

酔っ払いには慣れているのか、運転手は顔色ひとつ変えずにドアを閉め、信号のタイミングを見計らい、かすかな音とともにタクシーを発車させた。たったひとり、その場に残された俺は苦笑するしかない。

「意気地なし、か」

人の流れに乗り、駅へ向かって歩き出す。

彼女の言った通り、俺は意気地なしだ。いつもたった一歩を踏み出す勇気が出せずに諦めて、本当に望んでいたものを手に入れられない。あのときああしておけば、こうしておけば、と後悔ばかり募《つの》らせ続けている。

最も悪いのは、そうして諦め後悔することに慣れてしまい、どうせ俺という男の人生はこんなものだと、後ろ向きに悟りを開いていることだ。そして、そんな自分を変えられない。

数ヶ月前の、明日美の照《て》れた声を思い出す。

『コータ、真っ赤な顔でプロポーズしてくれて……』

なぜ、俺には光太みたいな勇気がなかったのだろう。明日美への気持ちは誰にも負けないはずだったのに。

取り返しがつかなくなった今になって痛切に感じる。せめて、彼女にこの気持ちを伝えておけばよかった。

そんなことを考えながらコンビニ前を過ぎた、次の瞬間のことだ。頭をハンマーで殴られたような痛みに襲われた。

何が起きたのか把握する前に、体がくずおれ、コンクリートの地面に倒れ伏す。少々汗ばむ季節にもかかわらず、地面は氷みたいに冷たく少し湿気《しっけ》ている。

最後に聞いた声は家族でも、明日美でも、光太でも、同僚でもなく、どこの誰とも知れぬ「救急車呼んで！」という悲鳴だった。

◇◆◇◆◇

気が付くと俺は、「神さまのレストラン」と書かれた看板のある、風変わりな洋館の前にいた。赤レンガの壁に古びた木造りの扉、屋根の頂上では風見鶏《かざみどり》が風もないのにくるくる回っている。

初めは夢かと頬をつねった。ところが、まったく痛くもなければ痒《かゆ》くもない。どういうことだ。何があったのかと青ざめているうちに、レストランに妙な既視感を覚える。一度この店に来たことがあると思い出し、息を呑んだ。

まだ小学校に入学する前だった。俺は自宅の階段で足を踏み外し、軽く頭を打って気絶したことがある。すぐに目を覚ますとそこは家ではなく、一面が真珠色《しんじゅいろ》の霧《きり》に覆《おお》われた空間だった。そしてこのレストランが霧《きり》の中に、奇妙な存在感をもって佇《たたず》んでいたのだ。

わけがわからず呆然としていると、中から大人の男が微笑《ほほえ》みつつ現れる。かしこまった服に古めかしい丸眼鏡をかけたその男の姿は、子どもの目には随分奇妙に映った。

『子どもはよく迷子になりますね。さあ、ご両親のもとへ戻りましょう』

戸惑《とまど》う俺の手を引いて歩き出した彼に、俺は『おじさん、どこへ行くの？』と首を傾《かし》げる。男は俺を見下ろし、『君の人生へですよ』と告げた。

『どうぞ、日々を精一杯生きてください。死んでからでは何もかも遅いのです』

その言葉を聞いてはっと起き上がると、病室のベッドの上だったのだ。

俺は頭上にある「神さまのレストラン」の看板を見上げた。

まさか――

二十年ほど前のあの日と同じように、軋《きし》む音を立てて扉が開かれる。向こうには丸眼鏡を掛けた男が立っていた。

そうだ、レストランの外観だけではなく、この目を忘れられなかったのだと思い出す。

微笑《ほほえ》みを湛《たた》えた目はどこまでも穏やかで、なんの欲望も苛立《いらだ》ちも見受けられない。

現実とどうにか折り合いをつけ、いくつものしがらみの中で生きる人間には、まずありえない眼差《まなざ》しだ。子どもの頃にはその目を、「神様みたいだ」と感じた。

「清水望《のぞむ》様……お久しぶりです。できれば、二度とお会いしたくはありませんでしたが……。いずれにせよ、ようこそ。あの世とこの世の間、神さまのレストランへ。私は当店支配人の鏡と申します」

その言葉と、夢だと思い込んでいたあの記憶に、「ああ、そうか」と何かが胸にすとんと落ちる。

「……俺、死んだんですか？」

男──鏡さんがちょっと驚いた目になった。

「若い方は状況を把握するのに時間がかかることが多いのですが……」

「俺は二度目ですからね。それに、もう死を理解できない子どもじゃない。ひょっとして、あのときも死にかけていたんですか？」

「いいえ。六歳くらいまでの子どもは、魂《たましい》と肉体の結び付きが不安定です。そのために、よくこの辺りでも迷子になるのですよ」

なるほど、昔は「数え年七つまでは神のうち」と言ったそうだが、そういう意味だったのかと納得する。

「そうか……。でも、今度は迷子とは言えないな」

きっとあの特徴的な痛みはクモ膜下出血だ。父方の家系に同じ原因で亡くなった親族がふたりいる。若い奴でも時々なるのだと聞いたことがあった。視界がブレたり気分が悪かったりしたのは、そのせいだったのかと納得する。

「まさか、自分がクモ膜下出血で死ぬとは思いませんでしたね……」

「随分ご病気にお詳しいですね」

「俺の家は医師の家系で、父が脳外科医なんです。家では、しょっちゅうそんな話を聞きました。俺は生憎《あいにく》その辺のサラリーマンですけど」

父は医師の道を選ばなかった、選べなかったひとり息子を、さぞかしもどかしく思い、恥だと感じていただろう。

「――どうぞ、こちらへ。席へご案内いたします」

俺の言葉を微笑で流した鏡さんに案内され、レストランに入る。

随分リアリティのある内装だと感心した。ついさっき行ったダイニングバーをぐっと古くして、ターゲットとする客の年齢層を高くしたような雰囲気だ。

店内には客が俺以外、誰もいない。ふたり掛けのテーブルもあるのに、俺が連れていかれた席は四人掛けだった。わざわざ広いテーブルを選んでくれたのかもしれない。

椅子に腰を下ろすと、早速水が運ばれてくる。サービスは現世風なのだなと、どうでもいいところに感心した。

だけど、何かが足りないと感じる。なのに、それが何かがわからなかった。

「……それで、ここは三途《さんず》の川の手前の休憩所ってところなんでしょうか？　鏡さんに六文払わなきゃいけないのかな。俺、今日は一万円札と五千円札しかないんですけど」

もどかしさを抱えたまま、水を一口飲んで鏡さんを見上げる。

「天国でも地獄でもいいから、逝《い》けるところがあるなら、さっさと逝《い》ってしまいたいんですが」

とにかく早く楽になりたい。

すると、鏡さんがあの印象的な眼差《まなざ》しで俺をじっと見つめた。何もかもを見透《みす》かされているようで決まりが悪くなり、無意識に目を逸《そ》らす。

「あの世にも、この世にも、自分自身から逃《のが》れられる場所はありません。それは清水様が一番ご存じなのではありませんか？」

鏡さんの言葉は攻撃的ではないものの容赦《ようしゃ》がない。

「あなたは、だからこのレストランにやって来た」

うっすらとこのレストランの存在意義がわかってくる。

「死んでも……自由になれないんですか？」

「ええ、そうです」と鏡さんが頷《うなず》き、俺の席にメニューを置く。

「乗り越えなければ自由にはなれません」

今さら一体、何をどう乗り越えろと言うのだろう。

唇を噛み締めながら、俺はメニューを開く。すると、風と光が同時に弾け飛んで、その欠片《かけら》のひとつに、子どもの頃の光太と、明日美と、俺が、ハンバーガーを齧《かじ》っている光景が映っていた。俺は、ふたりと同じ顔で思いっきり笑っている。三人とも世界で一番楽しそうに見えた。

ああ、こんな表情だったのかと目を瞬《またた》かせる。こんなふうに笑えていたんだと、嬉しくも悲しくもなった。

「この先があったとしても、あのハンバーガーほど美味《うま》いものは、もう二度と食えなかったんだろうな……」

何を失おうと、これだけは決して忘れたくない思い出だ。光太と明日美は掛け替えのない友だちだった。

◇◆◇◆◇

俺はエリートの父から生まれた落ちこぼれだ。

幼稚園から私立に入れられ、小学生で家庭教師をつけられた。五年生に進級する頃には、学校の授業と合わせて、一日十時間近く勉強していた気がする。

それだけ金と時間をかければ、どんな奴だって少しは伸びる。俺も小学校低学年までではなんとかなっていた。ただし、あくまでそれなりでしかない。

出来が人並みよりマシな程度なのが不満だったのか、父はもっと努力しろと俺の尻を叩《たた》き続けた。自分の息子がこの程度であるはずがないのだと言って。

父は代々医師の家系に生まれ、なんの疑問もなく医師になった人だ。

そうした、生まれつき環境に恵まれ頭脳が優秀な連中ほど、人間は努力でなんとかなるもので、自分は自力で道を切り開いてきた——そんな傲慢《ごうまん》な考えを持つようになるらしい。這《は》い上《あ》がれない者は努力不足だと見下す。父はその典型で、母はそんな父に従順だった。

ふたりはなかなか伸びない俺に、こんなはずはないと苛立《いらだ》つ。父は有名私立大の医学部を卒業し、その付属病院の脳外科医なこともあり、俺を同じ大学に入れたかったのだろう。

けれど俺は、徐々に難しくなる授業についていけず、家庭教師との自宅での勉強も苦痛でしかなくなっていった。

一日をなんとかこなすのに精一杯で、友だちと遊ぶ余裕もない。この頃になると家に帰るのが嫌になっていた。

学校では教師に間違いを指摘されるくらいだが、家ではさらなる勉強と父の小言が待っている。

いや、小言だけならまだよかった。俺が最も傷ついたのが父の目だ。説教の最中に向けられる、失望を隠そうともしない眼差《まなざ》し。まだ学校と両親の評価が世界のすべてであり、成績以外に自分の価値をはかる術《すべ》を知らなかった俺にとって、その視線は心を切り裂くナイフでしかなかったのだ。

息苦しさとストレスに耐えかねた俺はある日、スクールバスに乗らず、学校から少し離れた公園のベンチで、何をするともなく空を眺めてぼんやりしていた。

青い空は涙が出るほどきれいだ。そんな子どもらしくないことを考えていると、「あれっ」と女の子の小さな声が聞こえる。

見ると、女の子が軽やかに走ってベンチの俺に駆け寄ってくる。茶色がかったショートヘアにTシャツ、ショートパンツを着た素朴な雰囲気の子だ。一体誰だと目を見開く俺に、屈託《くったく》なく声をかけてくる。

「ノゾム君？　清水望君じゃない？」

いきなりフルネームを呼ばれてびっくりする。

「そうだけど……」

答えた後でしまったと悔やむ。いくら女の子だからといって、どんな怪しい奴かもわからないにもかかわらず、これでは自分で身元を明かしたようなものだ。不審者には気をつけろと父にも言われていたのに。

一方、女の子は「やっぱり！」とはしゃいでいる。

「あー、よかった。人違いじゃなかった。ねえ、私のこと覚えてる？」

一瞬、満面の笑みに気を取られ、記憶を探る。確かにどこかで会ったことがある気がした。それも、そんなに前の話じゃない。

「ほら、四年生のときに――」

すると、今度は「おーい!!」と男の子の声が聞こえた。今度は男子女子の十人ほどの集団だ。

「あ、コータ、こっちこっち!!」

女の子がその男の子に向かって手を振った。

「コータ……？」

聞き覚えのある名前にはっとする。

「もしかして、明日美？」

女の子がまたあの笑顔を見せる。

「そう、太田《おおた》明日美だよ。久しぶり!!」

やっと思い出した頃には、明日美と似たような格好の男子と女子が、俺たちの周りにわらわらと集まっていた。

「えー、こいつ誰？」

「他校の奴？」

前に進み出てきた一際図体のでかい男子が、「あーっ‼」と図体に合った大声を上げる。

「おまっ、ノゾムじゃねーか‼」

そう、こいつは確か斎藤《さいとう》光太だ。

一年前に父は家を建て替え、約半年の間、俺たちは親族の経営するマンションに仮住まいになった。光太と明日美はそこの同じ階に家族で住んでいるのだ。毎日登下校の時間に玄関で顔を合わせて、なんとなく話をするうちに仲良くなった。あの頃はまだ勉強にも余裕があって、友だちともよく遊んでいた。

そして、自宅が完工して再び引っ越すことになり、別れたのだ。連絡先も交換したが、進級して勉強で手一杯になったこともあって、徐々にやりとりが少なくなり疎遠になっていた。

「うわー、むっちゃ久しぶり。なんでこんなとこいんの？　引っ越したんじゃなかったっけ？」

なんでと聞かれても口を噤《つぐ》むしかない。勉強がつらくて逃げ出してきたなんて、とてもじゃないがカッコ悪くて言えなかった。

「ちょっと暇でぼーっとしてた」

「え、暇？」

光太の目がきらりと輝く。

「んじゃさ、ドッジのメンバーになってくんない？　ひとり足りねーんだよ」

「ドッジ？　ドッジってあのぶつけるやつ？」

「そうそう。今度町内で大会あってさ、ぜってー勝たなきゃなんねーの。な！　頼む！」

今日はメンバーで練習に来たのだが、ひとり風邪で休んでしまったのだそうだ。

こちらから連絡を絶った形なのを、後ろめたく感じていたせいだろうか。

「他の人もいいって言うなら別にいいけど……」

気が付くと俺はそう答えていて、光太が「おっしゃ！」と親指を立てた。後ろにいた仲間を振り返る。

「なあ、こいつ俺の友だちなんだ。入れていいだろ？」

光太はリーダー的存在みたいだ。皆「いいよー」「コータが言うなら」と頷《うなず》き合う。

お互いに簡単な自己紹介をした後で、ルールをざっと説明してもらい、早速練習を始めることになった。地面に棒きれで即席のコートを作る。

「んじゃあさ、六対六に分かれようぜ。どっちも男三、女三だぞ」

どちらに行けばいいのかがわからず戸惑《とまど》う俺の腕を、明日美が引っ張った。

「ノゾム君はこっちね！」

なぜかその笑顔に心臓がドキンと鳴る。そうだ、前にもこの笑顔で『おはよう』、『バイバイ』を言ってくれたんだと思い出した。

「よーし、後三十秒したらやるぞ」

緊張に満ちた沈黙ののちに、「開始！」と光太が手を上げる。センターサークルで光太のチームと、俺の入ったチームの男子が向き合い、明日美によってトスされたボールを、光太がはたいて自陣のコートに送り込んだ。

「よっしゃ!!」

光太が俺のいるチームを見てにやりと笑う。

「シロートがいるからって手加減しねーぞ?」

練習試合は休憩を挟んで六セット行われ、俺のいたチームが四対二で勝った。

光太は帰っていく他のメンバーを見送り、くるりと振り返って俺を睨《にら》みつける。

「ノゾム、お前、全然シロートじゃねーじゃねーか」

「……ごめん」

僕は不満げな光太に苦笑しながら謝った。

「ノゾム君、運動神経よかったんだね。知らなかった」

父は医者らしく勉強も体が資本だと考えていて、俺に適度な運動をするよう命令していた。そのため、学校での体育はしっかりやっていたし、スイミングスクールにも通っている。ドッジボールは久しぶりではあるものの、スムーズに体が動いてボールを投げるのも避けるのも、そんなに苦労しなかった。

「お前もメンバーだったらなあ。今どこに住んでるんだっけ？」

「世田谷《せたがや》。代沢《だいざわ》らへんだよ」

「あー、じゃ、やっぱ無理だな」

光太は木の下の芝生《しばふ》の上に座り込む。俺と明日美もなんとなく円を描くように腰を折ろした。

俺たちは改めて現状確認をし合う。

「光太と明日美はまだあのマンションにいるの？」

「あ、私は一年前にお父さんが死んじゃってね。今はお祖父《じい》ちゃんちにお祖父《じい》ちゃんとお母さんと妹と一緒に住んでる」

明日美はさらりと重い事情を明かした。ぎょっとしたが、本人は気にしているふうもない。光太も特別気遣っている感じはなかった。

「俺はまだあそこのマンション。でもなあ、狭くってよ。自分の部屋もないし」

ふたりはこの近くにある公立校に変わらず通っているのだそうだ。

光太が明日美を眺めてニヤニヤと笑う。

「コイツまだすっげえオトコオンナでさぁ。同じクラスのオトコ泣かしてんだぜ」

「コータなんて前、算数のテスト二十点だったくせに」

口の悪い姉と出来の悪い弟みたいなやりとりに、そう言えば前もこうだったと思い出す。

俺の通っていた小学校も男女共学なのに、男子と女子はお互いになんとなく冷めていて、行事以外のときはそれぞれに分かれて行動している。ふたりのように気軽に罵《のの》り合うほど仲良くはなかった。

「で、ノゾムは学校どこだったっけ。なんか私立だったよな」

一瞬、学校名を告げるのを躊躇《ためら》ったものの、ふたりは何ひとつ隠さず俺に打ち明けてくれたのだ。

「……K小」

俯《うつむ》いて小さな声で答える。すると、光太が「えーっ‼」と大げさなリアクションを取った。

「お前そんなに頭よかったのか‼　あそこすっげー難しいんだろ。ジュケンしねーと入れないって聞いたぞ」

明日美も「そうなの？　すごーい」と目を丸くしている。光太は俺の隣ににじり寄り、興奮した様子で顔を覗《のぞ》き込んできた。

「なあ、今度宿題、手伝ってくれ!!　俺、算数全然できねーの!!」

「コータ、自分でしなくちゃ駄目でしょ」

「だってちっともわかんねーんだもん。日本語なのに何言ってるんだか」

光太はいつもこんな調子で算数の宿題の提出が遅れ、そのたびにクラスメートに写させてもらっていた。けれど、ついに今学期になってそれが教師にバレて、全生徒に「斎藤への宿題貸し出し禁止令」のお触れが出たらしい。

「真面目にやらないからでしょ。ほんと馬鹿だね」

「うっせーな。俺のジンセーは算数やるためにあるんじゃねーよ」

ふたりのやりとりはコントみたいでおかしい。つい噴き出してしまった。

「いいよ。今日楽しかったし。お礼したいから」

「おっしゃぁー!!　こんでドリルクリア!!」

光太は何を言うのにも声が大きい。

「じゃあさ、次いつ集まる？」

間髪《かんはつ》を容《い》れずにそう尋ねられて、目を丸くする。

本当に次があるとは思っていなかった。てっきり社交辞令みたいなものだと……

「土日？　学校ある日でも俺らなら五時くらいから平気だけど」

光太の目は多分、俺への好奇心と期待で輝いている。断るなんて考えられなかった。

「じゃあ、来週の日曜日なら……」

父は日曜日も仕事ということが多かったし、母は午前から老人介護施設にいる祖母に面会に行く。俺もこの日は家庭教師が来ないので、いつもは家でひとり、勉強していた。こっそり出かけたとしても、夕方までに帰ればわからないだろう。

「じゃ、決まり。来週日曜日ってことで」

光太は明日美を振り向き、「お前も来いよ⁉」と迫る。

「えっ。なんで私まで」

「だってこんな頭いい奴と一対一でいたらキンチョーするだろ」

「うわ、コータが緊張って言葉、使えるなんて思わなかった」

こうして俺たちは、今度は三人で会おうと約束をする。

それから随分遅れて家に帰ると母が鬼の形相で待っていた。何時間か後に帰ってきた父と一緒になって俺を叱《しか》る。それでも、いつものように落ち込むことはまったくなかった。あのふたりに会えると思うと日曜日が楽しみで仕方ない。

その夜は思いっきり動いたせいか、ベッドに入るが早いか意識が途切れ、ぐっすりと眠った。

それから光太と明日美と俺は、平日の放課後に短時間、日曜日にはそれなりに、公園で遊ぶ仲になった。

俺たちの育った環境はまったく違う。光太は、両親がサラリーマンで三人兄弟の末っ子。明日美は母がスーパーで働き大黒柱になっていて、ふたり姉妹の長女ということだ。

俺たちはそんなことは関係なく気が合った。芝生《しばふ》の上で光太が持ってきた漫画を読んだり、くだらないことを話し込んだりしたのだ。

いつか、こんなことを聞かれたことがある。

「ねえ、将来何になりたい？」

俺は何気ないその質問に、鼓動が大きくなったのを感じた。

明日美のクラスでは最近国語の授業で、作文を書くことになったらしい。その課題が「私の将来の夢」だったのだそうだ。

「お父さんがいた頃はなりたいものもやりたいこともたくさんあって迷うくらいだったのに、今じゃ何がいいのかわからなくなっちゃって。お母さんは手に職つけておけって言うし……」

すると、光太が寝転がっていた芝生《しばふ》の上から起き上がる。

「あー、俺、シェフか板前。料理人になる」

なんの躊躇《ためら》いもなく夢を口にした彼を、俺は驚いて見つめた。光太は目をきらきらと輝かせながら語る。

「んで、海外に修業に行きてー。いつか自分の店持ってさ」

「へえー」と明日美が目を丸くして尋ねる。

「どうして料理人になりたいって思ったの？」

「だって俺、料理食うのも好きだけど、作るのも好きだし。祖父《じい》ちゃんの店手伝ってそう思った。お客さん、みんな祖父《じい》ちゃんの定食、無茶苦茶美味《うま》そうに食うんだ」

光太の祖父は定食屋を経営していて、繁盛していると聞いている。光太はよくその店に通っているのだと説明した。

俺は衝撃で言葉が出てこなかった。

光太は自分の祖父とその仕事を尊敬していて、もう将来の目標を定めている。

そのとき、はっきりと悟った。

俺は医師になりたいわけじゃない。それは両親の希望であって、自分の夢ではないのだ。本当はこんなに息苦しい日々を終わりにしてしまいたかった。

でも、父が怖くて嫌だなんて言えない。

座り込んだまま凍り付く俺の耳に、心なしか明るい明日美の声が届く。

「そっか。コータ意外と考えてたんだね」

「おい、意外ってなんだよ、意外って」

「羨《うらや》ましいってことだよ。ねえ、ノゾム君」

明日美が無邪気に俺に問いかける。

「ノゾム君の将来の夢は何？」

「……っ」

俺の夢はなんだろう。あった気もするけど、もう思い出せなくなっている。

「あ、俺も聞いてみたい。ノゾムの夢って何だ？」

光太と明日美の視線が痛い。

答えられない俺に気を遣ったのか、明日美が「そっかあ」と笑顔を見せた。

「私たち、同じだね。まだ決まってないんだ」

「あ、じゃあ俺って一番乗り？」

光太の言葉に、彼女は静かに首を横に振る。

「こういうのは順番じゃないの。いつでも見つかればいいの。見つかったからって偉いわけじゃなくて、見つけられたらラッキーなんだよ。……きっとね」

明日美の大人びた言葉と表情に、俺は目を瞬《また》かせる。二年前にはもっと明るい女の子だったと思う。いつの間にこんな目をするようになったのだろうか。どうしてこれほど目が離せないのかわからない。

その気持ちが初めての恋であり、あのときの明日美の寂しそうな眼差《まなざ》しを切ないと表現するのだと知ったのは、もう少し時間が経ってからのことだった。


光太と明日美と再会して以来、ほっとする時間が増えたおかげか、俺は追い詰められていた気持ちがちょっと楽になっていた。とはいえ、相変わらず成績は伸び悩み、両親に溜息をつかれる日々が続いている。

父の希望する私立中学の受験者を対象とした模試を受け、その結果を父が受け取った翌日の日曜日のことだ。俺は昼間から父に書斎に呼び出され、問答無用で机の前に立たされていた。

何を言われるのかはもうわかっている。模試の判定が思った以上に悪かったのだろう。

今にして思うと、少ない休日を息子の説教に費《つい》やすなど、父はよっぽど教育熱心だったのだと感心する。

「なあ、望。俺はお前を信じていたし、これからも信じたいと思っているんだよ。お前ができないはずがないんだ。なのに、この成績は何だ？」

俺の何を信じていたのかと口答えしたくなったが、結局、何も言えずに拳《こぶし》を握り締めて黙り込む。心に刺さる父の言葉は延々と続いた。

「自分のどこが悪いか、わかっているか？　それを改善しようと努力しているか？」

精一杯努力していると抗議したところで、父が納得するわけもないのだから、反論するだけ時間の無駄というものだ。

もしここで、声を出せる勇気があれば、俺は父さんの見栄のための道具じゃないと叫んでいれば、また違った未来があったのかもしれない。この頃だったら、まだ引き返せた気がする。

だけど、やっぱり俺は意気地なしでしかなかった。父の目を真っ直ぐに見られずに、時折「ごめんなさい」と繰り返す。

説教から解放されたのは、それから一時間後だ。

「次の模試はせめて全科目の偏差値六十以上を取れ。もういい、部屋に戻って勉強しろ」

――説教の締めがこれだった。

俺は無言で階段を上り、自室のドアを開ける。机の上には参考書と問題集が開かれていた。

その場に座り込んで壁に背をつけると、「もう嫌だ」という泣き声が口から漏れ出る。

勉強も、両親も、両親の期待に応えられないことも、意気地のない自分の性格も、何もかもが嫌になっていた。

声を殺してひとしきり泣いたあとで立ち上がり、小銭の入った財布と携帯電話をリュックに放り込む。

とにかく家から逃げ出したかった。あるいは、自分自身から逃げ出したかったのかもしれない。

足音を立てないよう階段を下り、靴を履いて家から飛び出した。

どこへ行こうとも決めていなかったはずなのに、向かった先は、光太や明日美と再会した公園だ。リュックを肩から降ろしベンチに座り込む。堪《こら》えていたはずの涙がまた溢れた。

今日は光太とも明日美とも会う約束をしていない。みっともなく泣いているところなんて、特に明日美には絶対に見られたくなかった。

ところが、こんなときに限って神様は意地悪をするものらしい。公園の前で自転車がキキッと止まる音が聞こえたのだ。

「あれ、おーい!!　ノゾム!!　そこにいんのノゾムだろ!?」

光太だった。

続いてもう一台の自転車が止まる。それには明日美が乗っていた。

「ノゾム君、こっち来てたの？　連絡くれればいいのに」

なぜよりによって、このふたりに見つかるんだ。

光太と明日美は涙を拭《ぬぐ》う俺にお構いなくやってきた。光太が「あれっ」と首を傾《かし》げる。

「お前、どうしたんだよ」

「コータ」

明日美が光太を止めた。

きっと目が赤く腫《は》れていたのだろう。明日美がハンカチを差し出してくる。

「ノゾム君、大丈夫？　……私たち、ここにいてもいい？」

なぜ泣いているのを見られたくないとわかったのかと、彼女の察しのよさに驚く。

光太は正反対だった。

「なんだ、お前、泣いてんじゃないか!!」

大声でそう言うが早いか、俺の腕を掴む。

「ほら、行くぞ」

「ちょっとコータ、何やっているの」

「明日美、予定変更。先、飯食いに行くぞ」

「えーっ⁉」

光太は持ち前の強引さで俺を公園の前まで引っ張っていった。

「ほら、後ろ乗れよ」

「でも……」

「いいから乗れって」

父に叱《しか》られて心が弱っていたせいか、俺は抵抗する気力もなく彼の自転車の後ろの席に跨《またが》る。

「おし、出発‼」

掛け声と同時に自転車が走り出す。

「くっそ、お前、おっも‼」

光太は立ち上がって自転車をこぐ。明日美も後ろからついてきているみたいだ。

「ねえー、ちょっと待ってよ。速いよ‼」

「フハハハハ、ついてこられない奴は置いていくぜ‼」

風が頬を切って涙がみるみる乾く。通り過ぎる川原と煌《きら》めく川の流れが、なぜかいつになく眩《まぶ》しかった。

景色は洋品店や雑居ビル、喫茶店が並ぶ街並みと次々に変わり、自転車が止まる頃には目の前によく見かけるファストフード店があった。ハンバーガーとドリンクが描かれたカラフルな看板に目がチカチカする。

あんな絵の具みたいな色の飲み物があっていいのかと狼狽《うろた》えた。

「元気ないときにはな、なんか食うのが一番なんだ」

光太は俺と明日美を連れて店に入り、店員のお姉さんの前でにっと笑う。

「今日は俺が皆に奢《おご》ってやるよ。ノゾム、お前どのセットがいい？」

そう言われても何をどう選べばいいのかがわからない。

「え……っと、じゃあ、その、それ。あの上のボードの右に出てるやつ」

「じゃ、俺もそれ。ダブルチーズのセットふたつ。ノゾム、ドリンクは何にする？

俺はオレンジにするけど」

「じゃあ、あの緑色のやつ……」

看板にあった毒々しい色の飲み物だ。実は気になっていた。

「コータ、私も同じセットで飲み物はウーロン茶。サイドはナゲットね」

しばらく待ってそれぞれトレーを受け取り、俺たちは二階にある窓際の四人掛けの席に腰掛けた。店内にはたくさん人がいてハンバーガーを頬張っている。スーツを着たサラリーマンや、派手な服装でしどけない様子の女の人。たった今、畑仕事を終えたばかりといった格好の老人もいた。

知らない大人の中に混じると、なんだか胸がドキドキする。

「いっただっきまーす!!」

光太が早速ハンバーガーの包みを開けてかぶりつく。俺もおそるおそる一口齧《かじ》って、つい「あ、美味《うま》い」と声を出した。

「美味《うま》いな、これ」

「何、お前バーガー食ったことねーの？」

「うん……」

「すげー。お前、もう天然記念物だな」

両親はともにファストフードや出来合いの惣菜《そうざい》などが嫌いで、家で出てくるものはすべて料理が趣味の母の手作り、外食も食材を厳選したレストランにしか行かない。こんな鮮やかな色の甘い飲み物も初めてだ。

泣いているときには気付かなかったけど、いつの間にか空腹だったようで、俺は夢中でハンバーガーを頬張った。

「ねえ、ノゾム君、ナゲットも食べてみなよ。美味《おい》しいよ。このソース、私大好きなの」

明日美がナゲットの箱をテーブルの真ん中に押し出す。すると、光太は自分と俺のポテトを合わせて、敷いた紙ナプキンの上に盛った。

「ポテトも全員で食えるようにしようぜ」

ハンバーガーを一口食べてふたりと話し、ポテトを摘《つ》まんでまた話す。時には、俺の緑色の飲み物――メロンソーダを回し飲みした。

「――でさ、俺の考えたその先生のあだ名がすっげえ受けてさ。圧縮ガッパって最高傑作だと思っているわけ」

「あ、圧縮ガッパって‼　光太、お前、天才‼　その先生に一度も会ったことないのに、顔が思い浮かぶ‼」

腹の底から笑いが込み上げてきて涙が滲《にじ》む。光太と明日美の前で流すその涙は、ちっとも嫌なものではなかった。

俺だけではなく、光太も明日美も笑っている。笑顔のふたりの前では、俺も何も隠さなくていいのだ。

悲しみが楽しさで塗り潰されていく。

このふたりとまた会えてよかったと思えた。やがて俺たち自身が大人になって、男や女という生き物に分かれるまでは――

◇◆◇◆◇

テーブルの上に乗せた手の大きさに、そうだ、もう俺は子どもではないのだと思い出した。

でも、成長したのは体ばかりで、心はあの頃と大して変わりがない気がする。

「どうぞ、お待たせいたしました」

鏡さんが盆を手に厨房《ちゅうぼう》からやってくる。ハンバーガーとナゲットを載せた皿、ポテトとドリンクを入れたバスケットを、そっとテーブルの真ん中に置いてくれた。

なぜ四人掛けの席に案内されたのか、やっとわかる。

ポテトを摘《つ》まんで一口食べた。死んでも美味《うま》いと感じるのかと苦笑しつつ、ハンバーガーに齧《かじ》り付き、ナゲットを口に放り込む。不思議なことにじんわりと体が温かくなる。

「あの頃は楽しかったな」

もう父や母へ負の感情はない。きっと光太と明日美との思い出が、吸い取ってくれたのだろう。

代わりに胸を切り裂くような痛みがあった。この痛みが意気地なしだった自分が招いた、後悔という代償なのだ。

「……鏡さんは、誰かをいつの間にか好きになっていた……なんてことはありますか」

俺に話を振られたことに驚いたのか、鏡さんの目が少しだけ開かれる。すぐに答えが返ってきた。

「はい、ございます。少々昔の話になりますが……」

眼鏡の奥の瞳に懐かしそうな光が宿る。三途《さんず》の川の渡し守にも恋をした経験があったのだと、なんだかおかしくなり、俺は笑った。

「人を好きになるって面白いですよね。僕が好きだった子は美人じゃなかったし、多分モテてもいなかった。だから、己惚《うぬぼ》れていたんです。彼女の、明日美の優しさを知っているのは俺だけだって」

とんだ勘違い男だと自分を嘲笑《あざわら》うしかない。

父を亡くし、苦労して一家を支える母の背を見つめ続け、家族を助ける優しく強い心の持ち主を、どうして俺以外の男が見つけないと思っていたのか。ずっと明日美のそばにいた光太が、気付かないはずがないのに。

◇◆◇◆◇

中学受験は父の推す第一志望と滑り止めを五校受験し、結果、第二志望の中高一貫の男子校に入学した。

俺の実力からすれば快挙と言ってよい。そもそも第一志望はダメ元だったので、結果は当然としか思えなかった。

だが、両親にとっては相当がっかりする出来事だったらしい。もっとも、それでも父の教育熱は冷めず、「大学があるからな」と夕食前に新聞を広げながら告げてきた。

「一番重要なのは大学だ。その悔しさをバネにして、今度こそ頑張るんだ。六年もあればどうにかなるだろう」

「お父さん……」

父の向かいの席に腰掛けていた俺は、テーブルに目を落とし、心の中で苦い思いを噛み締める。

「それだけ？」

「ん？　何がだ？」

父が新聞から顔を上げた。

俺は、この期に及んでもなお、父に期待を抱いていたのだ。一言でいいから「頑張ったな」と言ってほしかった。

「なんでもない……」

光太と明日美は中学受験なんて、考えもしなかったみたいだ。ふたりともなんの疑問もなく、最寄りの公立校に進学していた。

俺の入学した学校はふたりの住んでいた街から遠くなり、今度こそ彼らとの縁が切れるかもしれないと覚悟した。実際、中学時代はほとんどがメールのやりとりになる。

ところが、俺たちが高校生になると、付き合いが再開した。光太が将来料理人になる夢を変えず、調理科のある高校を受験し、卒業後すぐに料理店で修業したいと希望していたおかげだ。その条件にぴったりの高校が俺の自宅から近かった。

光太はこの高校に入学するために、中学では苦手な勉強を頑張り、見事合格する。大したものだと思う。

メールで「来た、見た、受かった!!」と報告を受けたとき、俺は「やったな!!」と返信しつつも、また追い越されたという焦《あせ》りを覚えた。

彼は夢のために確実に一歩一歩前に進んでいる。それに比べて俺は、いまだに精神的には父の支配下にあり、抜け出したいと思いながら立ち尽くすばかりだ。

時々、学校帰りの光太と最寄り駅のカフェで話すことがあった。この頃の彼は、伸び放題だった髪を調理に邪魔だし清潔感が必要だからと、ほとんど坊主に近い刈り上げにしていた。

「ノゾム!　待たせた!!」

光太はカウンター席の俺の隣に腰掛ける。中学校でさらにぐんと背も体格もでかくなり、彼が小さな椅子に座るといかにも窮屈に見えた。かっちりしたブレザーが似合わなすぎだ。

コーヒーを一口飲んで「あちっ」と口を押さえる。

「それに苦《にげ》え。やっぱり後で砂糖三つ入れるわ」

こんなごつい顔で猫舌の甘党なのだからおかしい。

「元気だったか？」

「もち！　明日美も元気みたいだ」

二言目に明日美の名前が出て、俺の心臓が小さく鳴る。

明日美は光太と同じ中学校を卒業後、自宅に一番近い高校に通っているそうだ。今でも光太と三人で写真を送り合っているので、髪が伸びて肩くらいまでになっているのは知っている。大人っぽく、きれいになった。

本当は明日美のことをもっと聞きたい。でも、「なんで？」と聞かれたら、俺はなんと答えればいいのだろう。それが怖くて自分からは言い出せない。だから、光太から教えてもらえるのはありがたかった。

それから光太とはそれぞれの学校のこと、できた友だちのこと、女の子のことなんかを話す。どうも彼は結構モテているようで、向こうから告白され、付き合ったこともあるらしい。

「へえー、お前彼女いたの。いいな。俺も欲しいよ」

「あ、んじゃクラスの女子紹介する？　お前の顔とガッコなら入れ食いだって。うちの学校、女子はレベルそれなりだぜ」

俺は慌てて「いや、いいよ」と首を横に振った。

「やっぱりそんな暇ないし、学校名でモテても嬉しくない……」

「おーい、せっかく持ってる資源は活用しろよ」

光太は冷めたコーヒーを一気に飲み干す。俺はその様子を頬杖をついて見守った。

「なあ、なんでその子と別れたんだ？　可愛かったんだろ？」

そう聞くと、彼は空《から》になったカップを握り潰す。

「なんか違うって言うか、途中でこいつじゃないって思って……」

自分でもよくわかっていないのか、しきりに首を傾《かし》げている。光太自身にもわからないことが、俺にわかるはずもなく、適当に相槌《あいづち》を打つしかなかった。

「結局好みじゃなかったってことか？」

「ん……まあな」

光太は珍しく眉を顰《ひそ》めて考え込んでいたが、やがて「あ、そうだ」と顔を上げた。

「今度さ、久しぶりに三人でどっか行かねー？」

懐《ふところ》から携帯を取り出しメールを打っている。

「三人って明日美と？」

「他に誰がいるんだよ」

どうやら、そのメールの宛て先は明日美のようだ。気軽にやりとりができる、彼の性格が羨《うらや》ましかった。俺はどうしても送信ボタンを押す前に、内容が不自然じゃないかと何度もチェックしてしまう。

光太がメールを送信してしばらくすると、ゲームのテーマ曲に設定された電話の着信音が鳴った。彼は間髪容《かんはつい》れずに取り、笑いながら話す。

「お、元気か？　おー、そっか。んじゃ、日曜の午前に決定ってことで。ん？　何？　いるよー。んじゃ、替わるわ」

「ほら」といきなり携帯を手渡され、慌てて手が滑りそうになった。光太に「明日美がお前と話したいって」と促《うなが》される。『あれ？　もしもし』と女の子の声が、小さな携帯の穴から聞こえてきた。何年ぶりかにその名前を呼ぶ。

「……明日美？」

『ノゾム君？　電話じゃ久しぶりー！』

弾むように明るく高い口調だ。その女の子そのものの声に少し動揺する。

「あ、うん、久しぶり」

『学校順調？　私ね、ちょっと前からバイト始めたんだ』

「ほんと。何のバイト？」

明日美は変わらず俺と話してくれる。そのことがひどく嬉しかった。

「じゃ、また日曜日に。あんまり無理するなよ」

予定を確認して電話を切る。すると、光太がじっと俺を見つめていた。

「ん、何？」

「んー……」

彼はなぜか釈然としない表情になっている。

「なんでもない」

何があったのだろうと不思議に思いつつ携帯を返す。光太は「もう一杯もらってくる」と言って、レジへさっさと向かった。

このとき、俺も気付くべきだったのだ。

久しぶりの三人で遊びに行ったのは、街中にあるカラオケ店だった。光太の知り合いがバイトをしているらしく、そのコネで割引券を使えたのだ。光太はつくづく顔が広い。

それに光太は、意外にもプロ顔負けに歌がうまく、俺はその逆で音程すら取れない音痴だった。おかげでそれぞれの意味で大いに盛り上がる。室内の赤い壁や内装も気分を盛り上げ、俺は何週間ぶりかに大声を出し、誰にも遠慮することなく笑った。

歌を終えて次の光太にマイクを渡し、ソファにどさりと腰を下ろす。すると、その拍子に生まれた風が、隣の明日美の髪を一筋舞い上げた。無意識なのか明日美が髪を直す。

その小さな白い手とくせのない髪にどきんとした。スカートから伸びる足は細い。触れたいと、そう感じた。この子の髪を優しく撫《な》でて、強く抱き締めてみたいと。

そっと明日美の横顔を見る。彼女は曲を決めるのに夢中らしく、俺の視線には気付いていないようだ。

上機嫌の光太の歌声が室内に響く。だけど、明日美に見惚《みと》れていたせいか、見事なその歌声も耳に入らなかった。懐《ふところ》のスマホが突然震え出し、画面に「父」と表示されるまでは——

俺は驚いて立ち上がる。

今日父は、勤務先の大学病院に行っていた。母は同窓会で夜まで帰らないはず。どうしてこんな中途半端な時間に電話が掛かってきたのだろう。

「ごめん。ちょっと電話してくる」

俺はふたりに断り部屋を出ると、人気《ひとけ》のない階段へ向かう。

「はい、もしもし」

『——望、お前、今どこにいるんだ』

父は家に忘れ物をして、俺にそれを持ってきてもらいたかったのだと語った。ところが、家の電話に何度かけても誰も出ず、俺が家にいないのではないかと疑ったらしい。

「ああ……今、駅の本屋。参考書見に来ていて」

　とっさにそんな嘘が口から出る。友だちと、それも女の子とも一緒に遊んでいるなどとバレれば、外出を禁止されるかもしれない。

『そうか。ならいいが、早く帰って勉強するんだぞ』

「ああ、うん、わかったよ」

　父の性格からすればこの後何度か電話をかけて、俺が本当に帰ったかどうか確認しそうだ。

　電話を切ると大きな溜息が出た。その場にしゃがみ込み腹を押さえる。

「ってぇ……」

　急にしくしくと痛んできた。五分ほど過ぎてもまったく治まらない。昔からこの手の痛みをたびたび経験してきた。薬を呑んでも、どういうわけか治らない。

　それでも、そろそろ部屋に戻らなければと、立ち上がりかけたそのときだ。

「ノゾム君？」

　振り返ると、明日美が少し先でこちらを見つめていた。トイレから戻ろうとしたところで、俺に気付いたらしい。

「どうしたの。大丈夫？　お腹痛《なか》いの？」

「あ、うん。平気、平気」

「平気じゃないよ。顔色悪いよ」

明日美は歩み寄ってきて、俺の背に手を当てた。服越しに手の温かさが伝わってくる。

「ほんと、平気だから」

そう言っているのに、彼女は一向に俺から離れようとしない。

「風邪かな。お昼は同じもの食べたんだし、食中毒ってことはなさそう……。アレルギーでもないのならストレスって可能性もあるかな？　何か嫌なことでもあった？」

推理ゲームみたいに当てられ、驚いて彼女を見上げる。明日美は照《て》れくさそうな笑顔を見せた。

「私、これでも看護師目指しているから。妹もね、時々お腹《なか》が痛くなることあったんだ。お父さんが死んじゃった頃だったかな。どこも悪くないのに痛い痛いってお腹《なか》押さえてね。でもね、こうやって手を当ててあげると治って。手当てってよく言ったものだよね」

看護師になりたいとは、初めて聞いた。

「……夢、見つけたんだ？」

明日美にも置いていかれるのかと、不安になる。すると、彼女は困ったような顔になった。

「うーん、夢っていうより目標かな。確実に稼げる仕事がよかったってだけなの」

家族を助けるためなのかと予想がつく。夢も目標も、俺にとってはそんなに変わらない。

「焦《あせ》るなあ。俺なんてもう二年なのに、何にも決めてないよ」

正確には自分では何も決めていない、だ。父は何がなんでも医学部に入れようとしている。医大に受からなければ浪人させることも厭《いと》わないかもしれない。

「ああ、ストレスって進路のこと?」

「……父さんに、逆らえなくて」

つい、ぽろりと弱音が零《こぼ》れ落《お》ちる。カッコ悪い、何を言っているんだと思うのに止まらない。

「嫌だって一言が言えなくてさ……」

明日美はしばらくの間、黙って俺を見つめていた。何が嫌なのか、なぜ嫌なのかとは聞かない。

「そっか……。大変だね」

首を傾《かし》げて俺を見上げる。しばらく会わない間に、彼女の背丈は俺より随分低くなっていた。

「ノゾム君の気持ち、少しわかる気がする。ずっと何も言えなかった人に何か伝えようとするのって、勇気がいるよね。ほんと、たった一言なのにすごく怖い」

「明日美にもそんなこと、あるんだ？」

「うん……。全然勇気ない。出そうと思っても出ない。そんなに簡単なことじゃないよ」

それは彼女なりの慰《なぐさ》め方だったのだろう。何にせよ、寄り添おうとしてくれることがひどく嬉しい。

「いつか言えればなって思うんだけどね。まだ時間かかりそう」

「俺は……そんなに時間ないんだよな。ちょっと頑張らなきゃ」

こんな状態でどこぞの医科大や医学部に滑り込んだところで、きっと授業についていけず、うまくいかないに違いない。医師国家試験なんて夢のまた夢だ。

高校でさえ必死に努力して、ようやく学年での並をキープしている。教科書を読むだけで上位に入る連中とは違うのだ。気が重いが、受験前に父と話をしなければならない。

「……ありがと。元気出た」

一度決めてしまうとふっと心が楽になって、胃の痛みも徐々に治まっていった。自分ひとりだとずっと悶々《もんもん》としていたのが、明日美に聞いてもらってやる気になる。俺はこんなに単純だったのかと呆れた。でも、全然悪い気分ではない。人間は単純だから生きていける。きっとそれでいいんだと思えた。

「あ、よかった。お腹《なか》はどう？」

「そっちも平気」

明日美がぱっと顔を輝かせる。その表情を見て、ああ、この子が好きだと自覚した。彼女は俺をどう思っているのだろう。こうして触れてくれるくらいなのだから、嫌われてはいないと感じる。それでも自信なんて全然なく、告白なんてまだ考えられない。

まず、しっかりと将来を見据《みす》えたかった。

明日美が部屋の方向に目を向ける。

「じゃ、戻ろうか。コータ、今頃マイク独り占めにして喜んでいるんだろうな」

「あいつ、歌の上手いガキ大将だよな」

「ほんと、ほんと」

ころころと声を上げて笑う彼女を見て、いつかその笑顔を俺だけに向けてほしいと願った。

父に医師にはなりたくない、自分では無理だと打ち明けたのは、二年になり最初の進路希望調査が行われる直前のことだった。俺から父と話をしたいと申し出たのは、それが初めてだ。

書斎の椅子に腰掛けていた父は、俺の話を聞き、数十秒ぽかんとしていた。何を言っているのか、理解できなかったらしい。

俺は声の震えをどうにか抑えつつ言葉を続けた。

「父さんだって俺がどの程度の実力なのか、本当はもうわかっているんじゃないか？勉強だけじゃない。俺は医師に向いてないと思う。すごい仕事なんだとは思うし、父さんのことも尊敬している。でも、俺はなりたいって思えない」

図星だったのか、それとも俺の反抗が気に入らなかったのか、父の表情が一瞬歪《ゆが》む。怒られるかと予想したが、意外にも父は「そうか」と腕を組んで俺を眺めた。

「だけどな、望。冷静に考えてみろ。医師ほど専門性があって、世界のどこでもやっていける仕事はない。今はつらいかもしれないが、二十年後にきっと後悔はないぞ。俺もそうだったしな」

やっぱり父はまだ俺を別個の人間ではなく、自分の延長線上にあるとみなしていた。怒りと失望が入り混じった苦い思いが、心に渦《うず》巻《ま》く。

「だから、無理だって……」

俺がうんざりしていると気付いたのだろうか、父が珍しく少し慌てた口調になった。

「何もな、是が非でも俺の出身校に行けってわけじゃない。お前の今の実力でも受験できる大学はある。一校でもいいから医学部に挑戦してみろ。そこも駄目だったなら仕方がない」

この言葉にはさすがに目を見開いた。それまで一歩も譲らなかった父からすれば、譲歩どころではない。

「……それ、約束する？」

「ああ。約束する。俺が嘘をついたことはないだろう」

確かに、父が嘘をついたことはなかった。

「……わかった」

俺は父の目を真っ直ぐに見つめる。

「信じているから」

この頃、俺はまだ子どもだったのだ。真っ直ぐな視線を受け止められる人間は嘘をついていないと信じていた。

そんな自分が甘かったと知るのは、受験シーズンに入る少し前のことだ。

受験校は都内の中堅レベルの医学部のある三校と、志望学部が医学部ではない大学の二校。前者は当然父に勧められた分不相応の大学で、後者は高校の教師や予備校に個人的に相談し、模試の判定で実力相応だと判断されたところにした。

正直言って、医学部に合格する気はしていない。医学部や医学科の合格率は低く、俺が引っ掛かるとは思えなかった。

それでも、勉強の手抜きをするつもりはない。実力を出し切らなかったと後悔したくはなかった。

ところが、平日に予備校から少々遅く帰宅した日。玄関の靴を見ると、珍しく父も帰宅していた。ダイニングで母と話している声がする。

マフラーと手袋を外し、ふたりにただいまを言おうとドアに手をかけた。直後に聞こえた会話の内容に、全身が凍り付く。

「じゃあ、S大なら大丈夫そうなんですね」

「話は通しておいた。一次である程度、点数が取れればいい。あいつもそれくらいなら、どうにかなるだろう」

S大は父が推薦した大学のうちの一校だ。「話を通しておいた」、「ある程度の点数」、「それくらいなら」というフレーズに、血が一気に逆流する。

まさか――

外に俺がいることに気付きもせず、母が「ですけどね」と不安そうな口調になる。

「最近、思うんです。あの子、お医者様には向いてないいんじゃないかって。……望はすごく優しい子でしょう。お医者様なんて人の生き死にに関わる仕事をしたら、いつかすごく傷ついておかしくなってしまうんじゃないかと……」

間髪《かんはつ》容《い》れずに父が少し強い声で答える。

「向く、向かないなんてものはない。あいつには若さという何よりの武器がある。これからたっぷり時間があるんだ。とにかく入学して、時間をかけて勉強すればいい。時間さえあれば必ず医師になれる」

「……っ」

それ以上聞いていられず、俺は唇を噛んで身を翻《ひるがえ》した。また靴を履いて家から飛び出す。

その日の外は身が切れるように寒く、みるみる剥《む》き出しの手が冷えていった。悔しさでかっとなっていた心もだ。

道の真ん中に立ち尽くして拳《こぶし》を握り締める。

「……るもんか」

冷たい声が唇の端から零《こぼ》れ落《お》ちた。

――あんたの思い通りになんて、なってやるものか。

十八年間、必死に勉強をこなした記憶が、父への強烈な復讐心となり、みるみる胸を染め上げる。

翌年、S大と残る二校の医学部の一次試験で、俺はすべての答案用紙を白紙で提出した。

どの大学の一次も裏口入学すらできる点数ではなく、あえなく不合格となったとの連絡を受けた翌日。父は激怒して俺の部屋に踏み込んできた。書斎に呼び出しても俺が一向に来なかったためだ。

俺は椅子をくるりと回して、立ち上がりも怯《おび》えもせず、真っ直ぐに父を見上げた。

「……何?」

「望。お前、どういうことだ⁉」

「どういうことだって、どういうこと?」

きっと嘲笑《あざわら》うような顔をしていたのだろう。

父はつかつかと歩み寄り、俺の腕を掴んで立たせようとする。

「ふざけるな‼」

その力が思った以上に弱いのに気付いて驚いた。なんだ、なぜ今まであれほど怖かったのかと、喉の奥から笑いが込み上げてきて止まらない。

父の手を力任せに振り払うと、反抗されるとは思わなかったのか、眼鏡越しの目が見開かれた。

「何のことを言ってるの？」

「お前、どうして……」

俺は唇を歪《ゆが》めて足を組む。

「どうして白紙で出したんだって？　俺もなぜ父さんがそれを知っているんだと聞いてみたいね」

この切り返しに、さすがの父も絶句した。俺は口を挟む隙を与えずに宣言する。

「浪人はしない。医学部は二度と受験しない。H大の法学部へ行く。父さんが医学部以外は許さないって言うんなら就職するよ。……そのほうが、俺よりもっと頑張ってきた奴を卑怯《ひきょう》な手段で蹴落として滑り込むなんて真似をするより、よっぽどマシだ」

「望!!」

父がもう一度俺の肩を掴んだ。

「望、冷静になれ。こんなことはどこでもやっていることだ。だから――」

「父さん、やめてくれ。もうこれ以上、父さんに失望したくない」

出来の悪い息子から失望されるなど、考えてもいなかったのだろう。声の出なくなった父に俺は畳み掛ける。

「確かに俺は父さんを裏切った。でも、最初に裏切ったのは父さんだ。あんた、俺の何を見てきたんだ？」

ずっと溜め込んできた暗い思いが、ナイフのように鋭い言葉となって父を貫《つらぬ》く。

「結局、俺を信じてなかったんじゃないかっ……!!」

反抗できた爽快感《そうかいかん》も、ざまあみろというスカッとした気持ちもなかった。

俺が裏切ったのは父の期待だけではない。どんな理由であれ受験まで手を抜かずに頑張ってきた、自分の十八年間の努力をも裏切ったのだ。

悔しさと情けなさと怒りと悲しみと苦しさがごちゃ混ぜになって、心がずたずたになる。痛くてたまらなかった。


その夜、俺はベッドの上に伏せながら、携帯を手の中で弄《もてあそ》んでいた。

明日美の声が無性に聞きたい。電気もつけずに真っ暗な中でも、彼女の笑顔だけは、はっきり思い浮かぶ。

しかし、もう真夜中なので明日美も眠っているか、たとえ起きていても俺との電話なんて迷惑だろうと考える。

どうしても勇気が出なくて、考えた末にメールを打った。

『調子どう? また光太と三人で遊ばない?』

ふたりで行こうと誘えないのが我ながら情けない。すると、驚いたことに、数分で返事が来た。

『いいよ。どこがいいかな。ノゾム君が誘ってくるって珍しいね』

『受験終わって暇でさ。クラスの連中もすっかり遊びモード』

そのメールを送って三十秒後、なんと明日美から直接電話が掛かってきた。泡を食いつつ、俺は通話ボタンを押す。

「もしもし？」

電話を通すと彼女の声は少し高く聞こえた。

『久しぶり。メール打つと時間かかっちゃうから。受験お互い大変だったね』

「……ん、そだな」

明日美は都内の看護専門学校に進学が決まっていた。ちなみに、光太は外資系ホテルのフランス料理店に就職である。

『ノゾム君、H大だったっけ？　すごいね。あそこ難しいって聞いたよ』

「いや、そんなに大したことないよ、ほんと……」

電話の向こうの明日美の声がふと途切れる。『大丈夫？』と囁《ささや》くように聞いてきた。

『ノゾム君……もしかして泣いてる？』

指摘されて初めて気が付く。目から熱いものが滲《にじ》み出ている。このせいで声がくぐもっていたらしい。何年ぶりかわからない涙を慌てて拭《ぬぐ》った。

子どもならいざ知らず、この年になってみっともない。しかも、よりによって明日美にバレるなんて。

『……何かあったの？』

「なんでもない。なんでもないから。ちょっと、泣ける話、テレビで見て……」

明日美は再び事情を聞き出そうとはしなかった。

『そう……』

代わりに、『ね、ノゾム君』と優しく語り掛けてくる。

『今度、お昼ハンバーガー屋さん行こうよ。あのメロンソーダ、まだあるかな』

俺の好物を覚えていてくれて、元気付けようとする。その思いやりに涙が引いていく。

「……そうだな。ナゲット、ばーんと頼むか。一回山盛り食ってみたかったんだ」

『それいいねー』

そうして一時間ほど話していただろうか。さすがに一時を過ぎると悪いと思い、話を切り上げ「じゃ、また」と告げる。

「光太には俺から言っとくから」

『うん。ありがとう。じゃあ、お休みなさい』

「あ……待って！」

思わず呼び止めて携帯を握り締める。

「あの、俺こそありがとう。今日付き合ってくれて」

『ううん、いいよ』

「あのさ、明日美、俺――」

次はふたりで遊びに行こう。その後もずっとふたりでいたい――そう誘おうとして口ごもる。

明日美は、俺の気持ちに気付いているだろうか。だったら、一体俺をどう思っているのか気になる。

もしなんとも思われていなくて振られたら、気まずくてもう会えないかもしれない。ただでさえ、今後進む道が分かれてしまうのに。

『どうしたの？』

「あー……いや、もう電源切れかけてた。またな」

『うん、またね！』

電話が終わると本当に電源がなくなったのか、画面がふっと暗くなって辺りは一面の闇に包まれた。気温が一、二度下がった気がする。

「……っくしょう」

つくづく意気地なしの自分が嫌になる。けれど、このとき「好きだ」と言えなかったことをずっと後悔する羽目になるとは、さすがに思ってもいなかった。

結局、父にとって自分――医師のひとり息子である俺を、高卒で就職させるなんて選択肢はありえなかったらしい。俺はＨ大の法学部へ進学することになった。

父も母も、あれから俺に何も言わない。俺が家を出ると言ってもまったく反対しなかった。素直だった息子に人が変わったように反抗され、不気味だったのだろう。

俺は俺でもう両親を受け入れられなかった。離れて暮らすしか道はなかったと思う。

下宿先のマンションでひとり暮らしを始めたその日、俺は光太と明日美を部屋に招いた。三人で前途を祝おうということになったのだ。

光太は目を輝かせて部屋の中を眺める。

「おおおーっ、すげーっ。ドラマの主人公の部屋みてーじゃん。俺のボロアパートとは大違いっ。うおっ、キッチンもひとり暮らしとは思えねー。なあ、ノゾム、俺と結婚してくれ!!　いいヨメになるから、ここで料理させてくれ!!」

「俺よりでかいヨメがいてたまるかよ」

「いーじゃん、いーじゃん。アタシ尽くすタイプよぉ」

彼は気持ち悪く体をくねらせた。明日美が「やめてよー」と笑い、こいつ変わってないなと俺も笑う。

そうして、早速ローテーブルを囲み、三人で座る。

光太は両手に差し入れを一杯抱えていた。全部自分の手作りの料理らしい。明日美はドリンクを持ってきてくれたみたいだ。俺はケーキやプリンなんかのデザート類担当だった。

「さーてさてさて、お待たせしました。光太ズキッチンのデリバリーよぉ」

光太はローストビーフ、サンドイッチ、ミートパイ、シーザーサラダ、各種オードブルを所狭しと並べる。彩《いろど》りや盛り付けも考えてあるようで、テーブルの上が一気に華やかになった。

「すごーい……。これ全部コータ作ったの？」

「もうプロみたいだな」

「おう、もっと褒めてくれ。そういや、お前らに俺のメシ食わすの初めてだっけ」

お互いの紙コップにドリンクを注いで、「乾杯！」と声を上げる。光太だけはなぜか「プロースト！」とドイツ語だ。

早速、光太の力作のミートパイを手に取った。一口食べてみて、その美味《うま》さに驚く。下手な店で買うより、よっぽどレベルが高い。

「光太、これ、もう売れるよ」

就職前だというのにこの腕前。本格的な料理店で努力すれば、一体どれだけのものになるだろう。

「え、マジ⁉」

光太の顔がぱっと輝く。

「お前がそう言うんなら間違いないよな。自信ついたわー」

照《て》れ臭《くさ》そうに笑うと、彼はオードブルを頬張る明日美に目を向けた。

「あ、そうだ。明日美、あのことさ、ノゾムにもう言っていいだろ？」

「えーっ」

「ずっと隠しておいてもなんだしな」

「うーん……。そうだね」

ふたりの謎のやりとりに、俺は首を傾《かし》げる。直後に、何の心の準備もさせてもらえず、爆弾が投下された。

「俺と明日美さ、付き合うことになったんだ」

光太の声は大きく弾んでいたにもかかわらず、一瞬、この世の音が消えたのではないかと思う。その沈黙を破ったのは、他でもない自分の声だ。

「え～⁉ そうだったんだ⁉ いつの間にそんなことになってたんだ⁉」

ショックで喉が一気に渇き、何も考えられない。支えを失ったみたいに世界がぐらぐらと揺れている。それでも、父の前で自分を偽《いつわ》るのに慣れていたおかげか、言葉がペラペラと口から出てきた。

「えーと……ほんのちょっと前。お前らの受験終わった後くらい？」

なら、俺が電話で明日美と話した日の近くだ。

「……どっちからコクったの」

光太はにっと笑ってサンドイッチを一口で平らげる。

「もち、俺から、俺から」

「コータ、やめてよー」

「隠すことじゃねえだろ」

光太を叩《たた》く明日美の頬は真っ赤で嬉しそう。そんな顔を見たのは初めてだ。

今すぐこの場から逃げ出したかったものの、笑みを無理やり顔に張り付けてコーラを掲げる。

「んじゃ、そっちも祝わなくちゃな。っていうか、そうなると俺、邪魔だよな」

「えっ、そんなことないよ。ノゾム君いないとつまんないよ」

光太が腕を組んでうんうんと頷《うなず》いた。

「確かにつまんねーわ。お前も早く彼女作れよ。で、連れてこい。四人でどっか行こーぜ」

「まあ、そのうちな」

そこから先はどんな話をしたのか、他の料理がどんな味だったのか、記憶喪失になったように覚えていない。唯一、覚えているのはふたりが帰った後のがらんとした部屋。そして、光太が「三日以内に食えよ！」と置いていったミートパイの箱だった。

◇◆◇◆◇

光太も、明日美もいないひとりきりのテーブルに、そうだ、ここに足りないのは三人での笑い声なのだと、俺は気付いた。

そばに控える鏡さんに顔を向ける。

「ここ、ＢＧＭはないんですか？」

「ご希望がございましたらおかけします」

しばらく考えて「やっぱりいいです」と断った。

「……あいつらじゃないと意味がない」

鏡さんが用意してくれたドリンクは、あのとき飲んだメロンソーダだ。その鮮やかな色に苦笑しつつ一口飲む。苦いと感じるのは、舌ではなく心で味わっているせいだろう。

半分緑に染まったグラスを両手で握り締める。

「……どうしても考えてしまうんです。あのとき、明日美に気持ちを打ち明けていたら、何かが変わっていたんじゃないかって……」

俺自身も変われていたのではないかと、後悔で今でも胸が痛くなるのだ。

◇◆◇◆◇

一歩踏み出す勇気さえあれば——

失恋以来ずっとそう感じていたせいか。大学生になってからは、女友だちも恋人もあっさりできるようになったものの、どの子ともうまくいかずに、長くても一年で別れた。

いつか光太の言っていた「何か違う」の意味が、そのときになってよく理解できるようになる。

そんなつもりはなかったのだが、周囲からは相当遊んでいるふうに見えただろう。

そうしているうちにあっという間に四年が過ぎた。俺はOBに紹介された企業に就職し、両親から本格的に独立して、勤務先の最寄り駅近くのマンションに引っ越す。

その頃、光太は就職先の料理店で相変わらず頑張っていて、明日美は看護師として都立病院に勤務していた。彼らの付き合いは四年以上になっているが、ふたりは俺と違って簡単に別れるなんてことはなく、ちゃんとお互いを大切にしているみたいだ。

正直そこまで長く続くとは考えていなかった。光太が明日美に飽きて数年で別れると思っていた……というよりは、俺がそう思いたかっただけなのかもしれない。光太は俺が思っていた以上に誠実で、真面目な男だったのだ。

さらにそれから仕事ずくめの毎日で数年が過ぎ、俺は久し振りに光太と明日美のふたりに呼び出される。

この時点で何を言われるのかは予測ができた。だけど、実際に事実を突き付けられると、刺し殺されたのかと思うほどの衝撃がある。

その日はいつものように気軽なファストフード店やカフェではなく、光太の勤務する料理店の入ったホテルのラウンジに集まった。

明日美はいつもよりちょっといい服を着ていて、アンティーク風のソファと高級感のあるテーブルにしっくりと収まっている。髪は昔と同じで短くなっているのに、あの頃とは違う落ち着きが備《そな》わっていた。

コーヒーカップとケーキの皿を前にした彼女が、光太の隣で照《て》れたように微笑《ほほえ》む。

「あのね、ノゾム君、私たち結婚決めたんだ。コータ、真っ赤な顔でプロポーズしてくれて……」

光太が「そういうことでっ!!」と、お笑い芸人みたいに自分の頭を叩《たた》いた。

「おー、おめでとう」

ショックを押し殺しつつもコーヒーを飲む。

「知り合いの中ではお前たちが一番乗りだよ。で、なんだ。祝儀をはずめって？」

「いやいやいや、それもあるけど、それだけじゃなくて！」

光太はゲラゲラ笑いながら明日美をちらりと見た。

「お前に友人代表のスピーチを頼みたいんだ。他にも頼んでいるんだけど、お前がトップバッターで」

「ノゾム君が私たちのこと、きっと一番よく知っているから」

ふたりとも俺が結婚式に出席すると疑ってもいない。幸福に満ち溢れた笑顔が俺にとっては一番残酷だというのに。

それでも、断る選択肢なんてなかった。明日美の表情が曇《くも》るところを見たくないから。

「オッケー。引き受けた。力入れて考えるわ」

「ノゾム、余計なこと言うなよ？」

「あ、バレた？」

にっと笑ってケーキにフォークを刺す。食べることもなく、端をぐしゃぐしゃと崩した。

「……他にも手伝えることはなんでも手伝うんで、気軽に言ってくれ」

ふたりの顔がぱっと輝く。

「おお、さすがノゾム!! 我が心の友よ!!」

「ノゾム君、ありがとう!」

その日、ふたりと別れた後で、俺は街をあてもなく歩いた。人の行き交うスクランブル交差点のど真ん中で、ふと立ち止まって空を見上げる。

暮れかけた藍色《あいいろ》の空の片隅には、珍しく金星があった。電光掲示板の派手なアイドルの広告よりも輝いている。

明日美は苦しかった十代の頃の俺にとって、希望や、自由や、喜びや、優しさや、女性性や、母性や、そんなものの象徴で……

何より思いを打ち明けられずにいたことで、掴めないあの星のような存在になっていた。

だから、ずっと忘れられずにいるのだろう。

でも、いくらそう分析したところで、気持ちは理屈で割り切れない。

通行人の肩がいくつもぶつかって、「邪魔だよ」と誰かに怒鳴られたところで我に返った。

慌てて人の流れに乗って再び歩き出す。

俺の人生は結局こんなものなのだろうと、溜息とともに無理やり諦めをつけた。

◇◆◇◆◇

あのとき呑み込んだ思いの苦さが、今は絶望となって俺の心を苛《さいな》んでいた。

「でも、まさか、こんなふうに何も言えずに、何も手に入れられず、何も成し遂げられず、何も残さずに死ぬなんて」

俺は子どもの頃からいつもそうだ。いつかはもっと大きい自分になるのだと夢見て、なのに、いつも一歩前に踏み出せない。

そもそも未来とは現在の自分の延長線上なのだ。意気地なしがヒーローになれるわけがない。

「こんなふうに終わるだなんて……」

せめて誰かの、そう明日美の心に残りたい。ずっと好きだったんだと打ち明けたい。

それが明日美にとって一生の心の重荷になっても——いや、むしろそうなってほしかった。彼女の記憶に自分の生きた証《あかし》を残したかった。

どんなにみっともなく身勝手な欲望でも、それが剥《む》き出《だ》しの魂《たましい》になった俺の本音だ。

ふらふらと椅子から立ち上がり、鏡さんに縋《すが》って訴える。

「もう、後悔するのは嫌だ……!!」

――午前十一時のＳ駅前のファストフード店は、休日ということもあって、親子連れやカップルで一杯だった。レジの前にはずらりと客が並んでいる。

俺は何も頼まずひとり二階に向かった。

明日美は、日の光が降り注ぐ窓際のふたり掛けの席で、目を細めて青い空を見上げている。

本当に大人に、きれいに、なった。

「――明日美」

声を掛けると、彼女はすぐに振り返りぱっと顔を輝かせる。

「うわー、ノゾム君のスーツ姿って初めて‼　今日出勤だったの？」

そして、すぐに「あれっ」と首を傾《かし》げた。

「何も頼まなかったの？」

「そこまで腹《はら》減ってなくて」

すると明日美は、ハンバーガーの載ったトレーをテーブルの真ん中に押し出す。

「じゃあ、半分こにしようよ」

「いや、悪いし」

「いいから、いいから。私、奮発して、ポテトもナゲットも頼んじゃったんだ。ノゾム君が食べてくれないと残しちゃう」

最近、明日美の行動が光太に似てきたと感じる。俺は苦笑して椅子に腰掛け、ポテトを摘《つ》まんだ。

「あ、そうだ。コータちょっと遅れるけど来られるかも。さっき連絡があってね……」

明日美が椅子に掛けていたバッグを引き寄せ、中から真新しいスマホを取り出す。

同時に音を立てて何かが転がり落ちる。

「なんか落ちたぞ」

腰を屈めて拾ったその小さなものは、ストラップ付の鈴だ。

「あっ、ありがとう」

明日美は手渡した鈴を手で包み込む。

「光太からのプレゼント?」

そんなに大切なら間違いないと思ったのに、彼女は軽く首を横に振って微笑《ほほえ》んだ。

「……前に亡くなった患者のお爺《じい》さんがくれたものなんだ」

その老人は天涯孤独《てんがいこどく》の上にガンを患《わずら》い、入院してきた時点で手術もできなかった。死ぬ前に『あんたはよく世話をしてくれた』と、この鈴をくれたのだそうだ。昔亡くなったお嬢さんの形見らしい。つまりは赤の他人から託《たく》されたものだ。

「そんなことやっていたらキリがないだろう?」

明日美は看護師でたくさんの担当患者を抱えている。今までもこれからも病死する人が出てくるに違いない。その中にはきっと老人のように、あるいは俺のように、家族と縁の薄い奴もたくさんいる。

すると、明日美は「だからだよ」と笑った。

「私だけは覚えていようと思って」

小さな口からぽろりと言葉が零《こぼ》れた。

「……人が死んじゃうことに慣れたくない」

明日美が鈴をぎゅっと握り絞めて胸に押し当てる。

「明日美……」

唇を噛み締める彼女の強い眼差《まなざ》しを目にして、ああ、そうだったと思い出す。

明日美は昔から人の痛みを汲《く》み取《と》る優しい子だった、強い子だった。これからもきっとそうなのだ。人の心の傷に寄りそって生きていくのだろう。そんな子だからこそ好きになった。

彼女がなぜ光太を選んだのか……。

俺は頬杖をついて明日美の顔を覗《のぞ》き込んだ。

「今のエピソードいいな。スピーチに入れていいか？」

「えーっ、恥ずかしいよ」

「スピーチなんて暴露するためにあるんだよ。それと、もうひとつ聞きたいんだけど、どんなきっかけで光太に落ちたわけ？　俺、その辺、何も知らないんだよな」

明日美は「うーん」と呻《うな》りながらも、ぽつり、ぽつりと語り出す。

「光太って落ち込んだ人見ると、必ずご飯、食べさせようとするの。わかるでしょ？　昔、うちのお父さんが死んじゃったときも、泣いてる私と妹をお祖父《じい》さんの定食屋に引っ張っていって、〝俺の奢《おご》りだから一杯食べろ！〟って。その言い方がおかしくて、嬉しくて、きっとあのとき好きになったんだと思う」

『今日は俺が皆に奢《おご》ってやるよ』――ハンバーガー屋での光太の笑顔が蘇《よみがえ》る。

「シェフになったのも、そうやって色んな人を料理で元気にしたいからだって。あ、後、どうせそれしかできないとも言ってたなあ」

「……そうだったのか」

心を覆《おお》っていた霧《きり》がさあっと晴れていく気がした。

光太は明日美と同じ優しさを持っていたのか。彼だけが明日美に同じ優しさを返せたのだ。

思えば俺は両親にも、光太にも、明日美にも、求めてばかりで、自分が何を与えられるのか考えたことはなかった。

自分の器《うつわ》の小ささを思い知り、敵《かな》わないなと苦笑するしかない。

「……いい話じゃないか。その辺も候補にしとく」

その後一時間ほどかけて打ち合わせをし、俺と明日美は揃ってファストフード店から出た。

道を歩きつつ子どもの頃のように無邪気に語り合う。俺のくだらない冗談に、彼女は弾けるみたいに笑ってくれた。

今日という日がいつか三人で見た、抜けるような青空でよかったと思う。だけど、最後にこの日に焼き付けたいものは、どこまでも続くそんな空でも、いつか心から焦《こ》がれた自由に空を飛ぶ鳥でもない。

笑顔の明日美を見つめて俺も笑う。

「そうだ。俺もさ、そろそろ婚活しようかって」

「えーっ。ほんと⁉」

「ほんと、ほんと。もう遊ぶのはやめた。お前たち見てると羨《うらや》ましくてなってさ」

「嘘じゃないって約束してよ？　ノゾム君、会うたびに違う女の子連れて、光太と大丈夫かなって心配していたんだから」

明日美は青信号になった横断歩道へ一歩踏み出し、前へ、前へ、前へ——光太との未来へ、どんどん歩いていく。俺はその小さな背を目を細めて見送った。

俺がついてこないことに気付いたのか、明日美が「あれっ」と呟《つぶや》いて振り返る。

「ノゾム君、どうしたの？」

ズボンのポケットに手を入れ、明日美だけを見つめた。

「……おめでとう。幸せになれよ」

彼女は目を見開いた後で、「ありがとう！」と満面の笑みを見せる。そして、「明日美！」と聞き慣れた声に呼ばれて、再び前に目を向けた。

◇◆◇◆◇

――今日はずっと仲良しでいる幼馴染《おさななじみ》のノゾム君との、結婚式の二次会とスピーチの打ち合わせだった。

コータも私もノゾム君が大好きだ。彼は頭がよくてかっこよくて、何より絶対に嘘をつかない。

コータは職場で大きなミスをしてへこんでいたときノゾム君に料理を「美味《うま》い‼」と褒められて、「あいつが言うのなら間違いない」と、自信を取り戻したことがある。

恋人の私では単なる慰《なぐさ》めだと思われていただろう。きっと男の子には男の子同士じゃないと、わかり合えないものがあるのだ。コータは、誰よりもノゾム君を信頼している。

私もノゾム君にはたくさん助けられた。祖父が亡くなってお葬式の準備に追われていたとき、必要な法律の手続きを教えてくれたり、こうして結婚式の準備も親身になって手伝ってくれたりする。

二次会では私の友だちにモテモテだろうなと、笑って話をしながら横断歩道を渡っている途中で、隣を歩いていたはずのノゾム君が、いつの間にかいなくなっているのに気付いた。

「あれっ⁉」

立ち止まって振り返る。

「ノゾム君、どうしたの？」

ノゾム君は横断歩道の真ん中で優しく微笑《ほほえ》んでいた。そう、今にも消え入りそうなくらい優しく。

「……おめでとう。幸せになれよ」

コータとの結婚が決まって以来、たくさんの人に「おめでとう」と言われたけど、ノゾム君からのお祝いが一番嬉しい。だから、一杯の笑顔でそれに答えた。

「ありがとう！」

そこに、「明日美！」と声を掛けられる。そちらを見ると、コータが真っ青な顔で走ってきていた。

「明日美……!!」

「コータ、遅い！　どこ行ってたの？　もう打ち合わせ終わっちゃったよ？」

コータは仁王立《におうだ》ちになった私の肩を掴む。

「明日美、大変だ。落ち着いて聞けよ。ノゾムが……昨日死んだって……。さっき、あいつのお袋さんから、電話があって……」

私は首を振ってバッグの肩ひもを握り締めた。

「えっ……。嘘だよ。そんなの嘘。何かの間違いだよ。だって、さっきまで……」

ついさっきまで楽しく話していたのに、信じられるはずがない。

慌てて振り返りノゾム君の無事を確かめようとする。だけど、そこにはもう誰もいなくて、音もなくそよ風が吹いているだけだった。

「ノゾム、君……？」

◇◆◇◆◇

――君の笑顔が好きだった。三人でいるときの笑顔はもっと好きだった。光太に向ける笑顔が一番好きだった。

だから、言わない。一生言わない。死んでも言わない。君の笑顔を曇《くも》らせるようなことはしない。意気地なしの俺でよかったと初めて思う。
どうか君があいつとずっと幸せでありますように。

アジフライと猫と私

Deep-fried horse mackerel,
my cat and me

——あの子は私がいなければ生きていけない。だから、私はまだこうして生きていられるの。


ゆっくりと意識が浮上してくる。

ここは一体どこなんだろう。とても温かくて心地がいい。生まれるずっと前、お母さんのお腹《なか》に戻ったようだ。そんなこと覚えているはずもないのに、なんの不安もなかったことだけはわかっている。

私はそっと目を開けた。ここは明るくも暗くもないところで、不思議な濃い霧《きり》に包まれている。まるで雲の中にいるみたいだ。いつも面白い形だと見上げていた、あのふわふわとした白いかたまり。

ふらりと立ち上がり、誰かいないかと辺りを見回す。だけど、やっぱり辺りには漂《ただよ》う霧《きり》しかない。

途方もない不安に駆られて歩き出す。ああ、この不安は知っている。たったひとり取り残されたときと同じだ。

ひとりぼっちはもう絶対に嫌なの。暗くて、寒くて、悲しい、孤独に生きてきたあの頃を思い出すから。

人の手の温《ぬく》もりがほしい。お願い、誰でもいいから私を助けて——そう思ったところに、突然その建物は現れた。見上げるほど大きいそれに、一歩後ずさる。

すると、門の奥から「おや」と声が聞こえた。先が広がった棒を持った男の人だ。

「これは、これは、いらっしゃいませ。掃除中にて失礼いたしました。それにしても、ふむ、よほど強い未練だったのか……」

その人が、腰を屈めて私の顔を覗《のぞ》き込む。

「私がオーナーとなってから、あなたのようなお客様は初めてです」

彼はなんだか嬉しそうだ。私は、この人は危害を加えないと彼の目を見て悟った。誰かを慈《いつく》しんだことのある優しい目だ。

男の人は「こちらへどうぞ」と手招きをする。私は恐る恐るその後をついていった。

中には何人かの男の人と女の人がいて、なぜか皆じっと私を見つめている。見つめられるのは苦手なので、どうにも決まりが悪く、俯《うつむ》いてしまう。

男の人は窓際の椅子へ案内してくれた。ガラス戸から穏やかな光が差し込んでいる。

顔を見て私が抱いている疑問に気付いたのだろう、男の人は薄い唇でにっこりと笑った。

「お客様は日向《ひなた》の席がお好きだと思いましたので。こちらの席でしたら少しは光が入ります」

なぜわかったのだろうと驚く。確かに私はお日様が大好きだ。嬉しくなって、すぐに椅子に腰掛ける。

男の人は私を見下ろし、胸に手を当てて頭を下げた。

「ようこそ、あの世とこの世の間、神さまのレストランへ。当店に決まったメニューはございません。お客様のお召し上がりになりたいものをご注文ください」

私は男の人の言葉に目を見開く。

「あの世とこの世の間……?」

何を言っているのかわからない。

「あの、私、家族のところに帰りたいんです。だから、そこまでの道順を教えてほしくて……。小さい部屋にずっと住んでいました」

男の人に必死に訴えるうちに、曖昧《あいまい》だった記憶が徐々にはっきりしていく。

そうだ、私はあの子と小さな部屋で暮らしている。毎日がとても楽しくて幸せだ。

すると、男の人の目が痛まし気に細められる。

「それは、もう不可能です。あなたは帰れません」

「えっ……」

どうしてそんな意地悪を言うのだろう。

「嫌です。帰ります。きっとあの子が心配している。私をずっと待っている！」

私はそう言い切って椅子から飛び降りると、少し開いていた入り口を飛び出した。

だって、あの子は私がいなければ生きていけない。早く帰って安心させてあげなくちゃ。

ところが、どれだけ走っても同じ景色のままなのだ。濃い霧《きり》が続いて元の場所に戻ってしまう。

「どうして……？」

私は門の前に座り込んだ。

門から出てきた先ほどの男の人が跪《ひざまず》き、すっと私に手を差し伸べる。

「申し上げたでしょう？　ここはあの世とこの世の間。時も場もございません」

私は男の人に抱きかかえられ、レストランのあの席へ戻った。

「ひどい。どうして帰れないの……？」

男の人が私の背をそっと撫《な》でてくれる。

「そう……ですね。理解できなくて当然でしょう」

何が理解できないというのだ。首を傾《かし》げる私に、男の人は溜息をついた。

「あなたはもう亡くなっています」

「なく……なった？」

私が死んだ？

「死んだって、死んだって……」

私は、死がどういうものかを知っている。優しく温かった手が固まって、ピクリとも動かなくなることだ。そして私の体は、確かに光を浴びても冷たいままだった。

「でも、私、さっき走れた。動けたのに」

「ここでは魂《たましい》が記憶している生前の姿を再現するのです。あなたの体はもう失われており、死が覆《くつがえ》ることはありません」

「そんな……でも、だって、でも、だったら……あの子はどうなってしまうの」

死にものぐるいになって縋《すが》り付く私に、男の人は「とりあえず」と脇に抱えた本を差し出した。手で開いて中を見せてくれる。たくさんの光がきらきらと溢れ出すのに驚き、ついその欠片《かけら》を目で追ってしまった。

「まずは、お好きなものをご注文ください」

「好きなもの……」

光の欠片《かけら》の中にあの子と出会った、あの日のごちそうが浮かんでは消える。私は無意識のうちにこう答えていた。

「おさかな……魚。油の味がして、すごく、すごく美味《おい》しかった。あれが食べたい」

男の人は目を細めて胸に手を当てた。

「かしこまりました。アジフライですね。少々お待ちくださいませ」

それからどれだけの時が過ぎたのだろうか。男の人が手の平にお皿を載せて戻ってきた。

「どうぞ。アジフライです」

声とともに、ことんとテーブルの上にあの日のごちそうが置かれる。

私は夢中で金色のその食べ物を頬張った。

ああ、美味《おい》しい。なんて美味《おい》しいんだろう。まったく同じ味だ。

でも、あの日のほうがもっと美味《おい》しかった。それはきっとあの子と一緒に食べたから。私のたったひとりの大切な家族。

そう感じたのと同時に、記憶が光のように溢れ出す。

そうだ、そうだった。

「私の名前は……ヒナ」

誰からも必要とされない、ひとりぼっちの女の子だ――

◇◆◇◆◇

私は地方に住む自営業家庭の、三人きょうだいの二番目の娘だった。上から姉・私・弟の順番だ。

真ん中っ子だったことがある人なら、同じ経験があるだろうか。

一番上の姉は最初の子だから可愛がられる。だけど、その三年後に生まれた妹の私は、『また女か』とがっかりされた。さらに二年後に弟が生まれると、両親だけではなく祖母・祖父も、『やっと後継ぎの誕生だ』と喜び、私の存在はどうでもいいものになる。

そして神様は、とことん不公平で、とことんひとりを惨《みじ》めにしたいらしい。

姉は母によく似た美人で出来もよかった。弟は明るく活発で誰にでも可愛がられる性格だ。

ところが、私は可愛いわけでもなく要領も悪い。おまけに内気な性格で喘息《ぜんそく》気味だったものだから、家族に疎《うと》まれるようになった。

特に、母にとっては遠ざけたい子だったらしい。顔が姑《しゅうとめ》である祖母にそっくりだったせいだろうか。はっきりと嫌いだと言われたわけじゃない。ご飯を食べさせてもらえなかったわけでもない……。それでも、私は惨《みじ》めだった。

私の服や靴は全部、姉のおさがり。弟は欲しいものをみんな買ってもらえるのに、私は『お姉ちゃんなんだから我慢しなさい』と言われた。

どうして私だけが我慢しなくちゃいけないの？　――その言葉を何度呑み込んだことだろう。

言えなかった原因は、「わがままだ」と叱《しか》られるというだけではない。母を困らせて嫌われたくなかったためだ。せめて言うことを聞くいい子だと思われたかった。

でも、どれだけ我慢しても報《むく》われることはない。

あれは、私が小学校四、五年生の頃だ。家族で長野《ながの》に旅行をすることになった。

ところが、私だけ家に置いていかれたのだ。前日の夜に軽い喘息《ぜんそく》の発作が出て、体調を崩したせいである。

「あんたは家にいなさい」

自室のベッドに横たわる私に、母は冷たくそう言った。

「ご飯は冷蔵庫に入れておくから、チンするくらいはできるでしょ」

私は胸が苦しくて母を見上げるのが精一杯だ。

嫌だよ、苦しいよ。お母さん、行かないで。今日だけでいいからそばにいてよ。

そう訴えたいのに、喉はぜいぜいとしか言わない。そこに、廊下から弟の叫び声が聞こえた。

「お母さーん、早く行こうよ！　お父さんもお姉ちゃんも待っているよ!!」

弟の「お姉ちゃん」の中に私は含まれていない。この頃にはもう私は、家族にいない者のように扱われていた。家庭の中心である母が私に無関心なので、姉弟も自然とそうなったのだ。

母は信じられないくらい優しい声で答える。

「ええ、すぐに行くから待っていてね」

私は声にならない声で「行かないで」と訴えたものの、母は振り返ることすらなく私に背を向け襖《ふすま》を閉めた。

かたんと襖《ふすま》と柱がぶつかる音がし、母と私を繋ぐ空間が閉ざされた瞬間、私は生まれて初めて絶望を知る。

それは、暗く、狭く、苦しく、ひとりぼっちにされることだ。救いはどこにもない。

発作よりも何よりも、取り残されたことへの絶望に私は啜《すす》り泣いた。

そして、家族が長野に行っている間に喘息《ぜんそく》はどんどん悪化する。窓から夕陽が差し込む時間になると、ついにうまく息ができなくなった。

私は喉を押さえ、いつもベッドの棚台に置いているはずの吸入器を探す。

ところが、その日に限ってどこにも見当たらない。最後の薬を使ってしまったことを思い出した。

ダイニングにある薬箱に予備があるかもしれない。

起き上がることすらつらかったけど、力を振り絞って立ち上がった。今すぐ使わなければこの発作は治まらない。這《は》うようにして進んで襖《ふすま》を開け、廊下を壁伝いに歩いていく。呼吸がしにくく周りが歪《ゆが》んで見えた。ダイニングまでのわずかな距離が果てしなく遠い。

「……っ」

引き戸を引き、薬箱を戸棚から取り出す。けれども、薬の予備はない。

お母さんにどこにあるか聞かなくちゃ。

私は息も絶え絶えに電話台の前に辿《たど》り着《つ》く。受話器を取り、母のスマホの短縮番号を押した。

トゥルルル、トゥルルルという無機質な音を聞きつつ、ひたすら母が出てくれるのを待つ。トゥルルル、トゥルルル。トゥルルルルル……

一体何度呼び出し音を耳にしただろうか。ようやく母が取った気配がする。症状はもっとひどくなっていた。

「――か……さん……」

お願い、助けて。

そう訴えたいのに声が出てこない。すると、遠くから『おかあさーん』と姉の声が聞こえた。

『はぁい、なーに？』

『早くご飯食べようよー。冷めちゃうよー』

「おか……」

それから間もなくブツッと電話が切られる。ツーッ、ツーッ、ツーッと無情な音が耳の奥に響いた。

家からの電話は画面に番号が表示されるはずなのに。掛けてくるのは私だけと知っていながら、母はなんら躊躇《ためら》うことなく電話を切ったのだ。

見捨てられた。

私はついに立っていられなくなり、その場にしゃがみ込む。

母が、家族が、助けてくれないのなら、一体誰に助けを求めればいいのだ？

朦朧《もうろう》とした意識の中に浮かんだのは、「一一〇」の三つの数字だ。震える手でどうにか番号を押す。すると、十秒もたたずに電話が取られた。

『もしもし……事件ですか？　事故ですか？』

おじさんの声がした。だけど、もう声がほとんど出ない。

「あ……苦しい……助けて……」

『……⁉　子ども⁉　お嬢ちゃん、今どこにいるんだい？　おうちかい？』

「お、うち……」

それが限界だった。私はついに横向きに倒れる。世界が茜色《あかねいろ》から灰色、灰色から真っ暗に変わっていく。落ちた受話器からは、おじさんの声が響き続けていた。

『もしもし、もしもし。待っていなさい。今行くからね。もしもし……⁉』

私の一一〇番を受けたおじさんは、すぐに救急車を呼んでくれたらしい。気が付いたときには私は病院のベッドの上だった。

アルコールや薬のつんとした匂いがする。口には呼吸器、腕には点滴の針が刺されていた。クリーム色の天井と壁が眩《まぶ》しい。

まだ生きていられたことに、涙を流した。だけど、すぐに死んだほうがよかったのかもしれないと思うようになる。入院して初日の午後に、両親の口論を聞いてしまったのだ。

ふたりは私の様子を見に病院を訪れ、そこで警察に事情を聞かれた上、医師からきつく注意を受けたようだった。

私は眠ったふりをしながらベッドの中で震えていた。父が母を怒鳴り、詰《なじ》っている。

「大したことがないと言っていたじゃないか。警察にまで事情を聞かれるなんて、お前は一体何をしていたんだ⁉」

母も負けじと言い返した。

「何よ。私ばっかり責めて。あのねえ、あなたの子でもあるのよ⁉　なのに、お義母《かあ》さんはこの子の喘息《ぜんそく》は私の血筋のせいだって責任を擦《なす》り付《つ》けて。私の家系に喘息《ぜんそく》なんて、ひとりもいないわ！　おまけに仕事を手伝わせているくせに、家事と育児は全部私に押し付けて……この子が倒れたのはみーんな、あなたのせいよ！　夫と父親の義務から逃げ続けている、あなたのせい‼」

父は母の勢いに呑まれたのか言葉を失っている。母は「もう嫌」と溜息をついた。

「もう自営の手伝いなんてまっぴら。お給料がもらえるわけでもなし……」

父がひどく焦《あせ》った声を上げる。

「ちょっと待ってくれよ。お前がいなきゃ潰れちまう。お前だって共倒れになるじゃないか」

「あら、潰せば？　私は実家に帰るから。でも、優里《ゆうり》と卓也《たくや》は連れていくわよ」

耳がなくなってしまえばいいのにと、このときほど思ったことはない。やっぱり母は私を置いていくのだと思い知らされる。

私は一体なんのために生まれてきたんだろう。

それから一週間後、私はようやく起き上がれるようになって家に帰れたものの、そこに「退院おめでとう」「よく治ったね」と言ってくれる人はいなかった。

母が姉と弟を連れて出ていき、代わりに祖母が家に来て家事をしていたのだ。俯《うつむ》いて玄関に佇《たたず》む私を見て、祖母が愚痴を零《こぼ》す。きっとまだ子どもだから意味なんて理解できないと、私を馬鹿にしていたのだろう。馬鹿だったらよかった。

「はぁ、あの嫁もなんで女を残していったんかね。卓也じゃないと意味なかろうに」

卓也じゃないと意味がない。男の子じゃないと、お姉ちゃんじゃないと意味がない――

この世界に私が「生きていてよかった」と、喜んでくれる人はいないの？

母が家に戻ったのはそれから一ヶ月後のことだ。父が謝り倒してどうにか離婚を免《まぬが》れたらしい。

とはいえ、一度濁った水が元通りになるには、時間がかかる。食卓での両親の会話はしばらくなかった。父がびくびくと母の顔色を窺《うかが》っていたのを覚えている。

それから私は父にも無視されるようになった。父も母との不仲の理由を私に求めたのかもしれない。

年月が家族のわだかまりをほぐし、父と母が和解しても、食事などの笑いの輪の中に私が入ることはなかった。

食べ物を美味《おい》しいと感じたことなんてない。大勢の中でのひとりきりのご飯は、砂を噛むような味だ。

そんな状況だったので、私は黙って食事をかき込んで、自室に籠《こも》ることになった。とはいっても、ろくに本もゲームも持っていない。ひとりで楽しめるものはほとんどなく、あるのは学校から配布された教科書だけ――

寂しさを紛《まぎ》らわすために、私は勉強に勤《いそ》しむ。皮肉なことに、これまで最低だった成績がぐんぐん上がる。

だけど、テストの結果を父や母に見せることはしなかった。どうせふたりとも私に関心なんてない。見せても「あっ、そう」とだけ返されるとわかっていたのだ。

そうして過ごしているうちにあっという間に年月が過ぎ、私は高校三年生になる。その頃には、大学からは家を出るつもりでいた。幸いなことに志望校には本命、滑り止めを含めて模試でA判定の合格圏内。どれも県外のそれなりのレベルの大学だ。大学を卒業後は現地で就職して、地元には二度と帰らない。それが家族にとっても私にとっても一番いいだろうと考えたのだ。

家族は私の顔なんてもう見たくないだろうし、私だって嫌われ、無視されたまま過ごすのはつらい。暗くて友だちのできにくい性格のため、独立しても寂しいのは変わらないかもしれないが、ひとりで暮らすほうがまだましだ。

ところが、受験勉強も本格的になる二学期になって、長らく一対一では口をきいていなかった父と母に、突然ダイニングに呼び出しを受ける。何事かと急いで制服のまま向かうと、両親が隣り合ってテーブル席に腰掛けていた。なんだかふたりとも気まずそうな顔をしている。

私の姿を入り口に認めると、父は溜息をつき、「座りなさい」と向かいの席を示した。不気味さを覚えつつ、私は言われた通りに座る。

父はテーブルの上で手を組み、重々しく口を開いた。

「お前を大学には行かせられなくなった」

一瞬、何を言われたのかわからなかった。十秒後にようやく「えっ……えっ」と、間抜けな呟《つぶや》きが口から漏れ出る。

父も母も世間体を重んじる性格で、特に父は自分が高卒だというコンプレックスがあり、我が子を高卒で終わらせるのは嫌だと言っていた。だから、てっきり私も大学に行けるものだと思い込んでいたのだ。どうしてギリギリの時期になって、言うのだろう。

「実を言うとな、今うちは経営が苦しい」

祖父から継いだ印刷業の資金繰りが悪化し、倒産寸前なのだと説明される。

「お前を県外の大学にやるのは難しいんだ」

確かに私の志望校は関東圏で、物価も高く仕送りも厳しい。私は「そんな」と首を横に振った。

「……だったら……地元のK大でもいいわ。国立なら、それほど学費もかからないでしょう？」

父は母と顔を見合わせる。

「いや、それも……。お前にはできればうちの従業員になるか、就職して金を入れてほしいんだ」

これにはさすがに言葉を失った。けれど、すぐにはっとして尋ねる。

「じゃあ、お姉ちゃんも同じように、今通っている大学を辞めて、こっちに戻ってくるの？」

この頃、姉は神戸《こうべ》でひとり暮らしをして私大に通っていた。

すると、母が「冗談じゃないわ」と叫ぶ。

「せっかく頑張って合格したのに、中退なんて優里が可哀想じゃないの」

「……っ」

母の言葉に、改めて姉妹間の愛情の差を見せつけられた気がする。

だったら、初めから進学の道を閉ざされた私は可哀想じゃないのか。

私の顔が強張《こわば》っているのに気付いたらしい父が、「おい、やめろ」と母を叱《しか》る。彼は私に向き直り「頼む」と頭を下げた。

「お前だけが頼りなんだ。このままじゃ家族がバラバラになってしまう」

父の言葉に私は息を呑む。だって、父が私に助けを求めるなんて初めてだ。

母も続いてテーブルの上に手をついた。

「そう、もうあなただけなの。私からもお願いよ」

いつもの冷たい声とは違い、母の口調は優しく甘くすらある。

そのとき私はこう思った。

私が進学を諦めれば、働いて家にお金を入れれば、両親が助かるのだ。いずれいい子だと褒めてくれるかもしれない。母も私を好きになってくれるかもしれない。

気が付くと、私は首を縦に振っていた。

「わかった……大学へは、行かない。うちにいて、就職する」

両親があからさまにほっとした顔になる。

「それで、お父さんとお母さんは助かるんだよね？」

「ああ、そうだ。そうだ。本当にお前はいい子だな!!」

高校生でやっともらった「いい子だ」という評価――両親の愛情に飢えていた私は、こうして大事な時期に愚《おろ》かな選択をした。

結局、私は地元の水産加工業の会社に事務員として就職した。

父が「できるだけ現金が欲しい」と言ったのだ。高校の先生は「奨学金もある」と、しきりに進学を勧めてくれたけれども、私は「家の事情なので」と断った。

進学校に通っていたとはいえ、高卒には変わりない。私の手取りは十五万円にもならなかった。それを、一割だけもらって残りは家に納める。

「いつもありがとうね」

その月も私がお金を渡すと、母は微笑《ほほえ》んだ。

「あなたのおかげで助かっているわ」

母にそう言ってもらうと、私の心は乾いたスポンジみたいに、その言葉を愛情として吸い込む。

姉も、弟も、私ほどには両親には尽くしていない。これだけ頑張っているのだ。きっと今では私が母にとって一番だと思い込んでいた。

その幻想が呆気なく崩れたのは、就職して二年になろうという頃だ。弟が進路を決める時期だった。

私は弟も就職するものだと思い込んでいた。なぜなら、彼は勉強嫌いで成績が悪く、高校も滑り止めの私立にしか行けなかったからだ。国公立の大学はとても無理だった。

ところが、くたくたで残業から帰ったある夜。いつもはとっくに灯りが消えているはずのダイニングが明るい。まだ母が起きているのだろうかと引き戸を引こうとすると、中から父、母、弟三人の話し声が聞こえた。私は反射的に手を止めて耳をすます。

「だからさ、俺、東京の大学に行きたいわけ。ほら、ケーザイガク勉強すりゃあさ、将来親父の仕事の役に立つかもしんないじゃん？」

弟は何を言っているのだろうか。東京なんて行けるはずがないじゃない。だってうちにはお金がないのだ。

そして、母の返事を聞いた瞬間、私は体が凍り付く。

「あら、卓也は将来のことをしっかり考えているのね。偉いわ。ね、お父さん」

お母さんは何を言っているの？

「そうだな。東京で学んでからでも遅くはない。人生経験を積まなければ、経営はうまくいかん」

お父さんもどうしてしまったのだろう。だって、私には地元の国公立すら許してくれなかったじゃない！

弟がのんびりとした口調で尋ねる。

「でもさあ、今うち金ねーんだろ？　仕送りとかダイジョーブ？」

母が私に言い聞かせたときよりもずっと優しく、より甘い口調で弟に語り掛けた。

「それは心配ないわ。優里とあなたの分の学費は別にしてあるもの」

私はそれ以上聞いていられなくなり、足音を立てないように自室へ向かった。扉を閉めて鍵をかけ、その場にしゃがみ込む。

「は、は……」

そのまま声を上げて笑った。自分がおかしくてしょうがない。

私はなんて馬鹿だったのか。姉弟には、学費がちゃんと用意されていた。でも、私には一円もない。両親の愛情がどこにあるのか、一目瞭然《りょうぜん》だ。

ううん、初めからわかっていた。心のどこかで知っていたのに、いつか振り向いてもらえるかもしれないと夢を抱いたのだ。

それでも、本当に馬鹿なことに、私の中には、まだ両親を信じたい気持ちがあった。

ところが一週間後のお給料日。いつも通り私が帰宅しダイニングに行くと、母が椅子に座ったまま「今月はいくらなの？」と手を差し出した。お金がないのか焦《あせ》った顔をしている。「お帰り」も「ありがとう」もない。

「結構残業していたでしょ。十八万円は行っているんじゃないの？」

「お母さん、その前に聞きたいことがあるの」

私はお金の入った袋を手にして俯《うつむ》く。母の顔を真っ直ぐに見る気力はなかった。

「卓也は……大学へ行くの？」

一瞬の間ののちに、母が溜息とともに答える。

「卓也は男の子だし後継ぎだもの」

「なら、お姉ちゃんは私と同じ女の子だよ？　後継ぎでもないのにどうして大学生のままなの」

「あの子はほら、優秀だから。そんなこと、どうでもいいじゃない」

　小学校の頃は確かに姉のほうが成績はよかったかもしれない。でも、中学以降は私のほうが勉強していて、高校はずっとランクの高いところに通っていた。それを母も知っているはずなのに、言い訳にもならない言い訳をする。

　袋を握り締めたまま黙り込んでいる私に、母は次第に苛立《いらだ》ってきたのか、「あのね、あんたね」と立ち上がった。

「わがまま言うんじゃないの。どうしていつもそうなの？　優里と卓也はあんなに素直なのに」

　母が喋《しゃべ》れば喋《しゃべ》るほど、心が氷みたいに冷たくなっていく。なのに、目からはなぜか熱い涙が零《こぼ》れているのだ。

　いつもそう？　私がいつわがままを言ったのだろう？　いつだってお母さんの言うことを聞いてきたのに。

「……これ、今月の分」

　声の震えをどうにか抑えて母に差し出す。彼女はなんの遠慮もなくそれを受け取った。

「あらっ、十九万もあるじゃない」

浮き立つ母を残してダイニングをあとにする。どうせお金を数えるのに夢中になって、私が立ち去ったことにすら気付かないに違いない。

このとき私はやっと心を決めた。一ヶ月後、最後のお給料と服をボストンバッグに詰めて、夜、こっそり家を出る。そして、東京《とうきょう》行の高速バスに乗ったのだ。

私はこうして家族を捨てた。ううん、違う、家族が私を捨てたのだ。もうこれ以上傷つかないために、心が死んでしまわないように、捨てられた私は逃げ出すしかなかった。

その後、私は保証人のいらない派遣の仕事に就き、下町の小さなアパートを借りる。一ヶ月前から準備をしていたので、家出は比較的スムーズに進んだ。

初めの一ヶ月は両親が金ヅルの私を探しに来ないか、びくびくしていたものの、二ヶ月、三ヶ月経っても姿を現さない。

四ヶ月目になると、ああ、家族は私を見限ったんだなと考えるようになった。あれだけ苦しい思いをしたはずなのに、心のどこかにぽっかりと穴が開く。

家族に搾取《さくしゅ》されない暮らしは、自由ではあったものの、決して楽でも楽しくもなかった。地元と違って家賃や物価が高く、贅沢《ぜいたく》をしていなくても、お給料のほとんどを使い果たしてしまう。

　また、住んでいる地域もそれほど治安のいい地区とは言えず、残業で遅くなった日にはびくびくして帰らなければならなかった。

　何ヶ月経っても知人、友人ができないのも寂しい。

　私は人との付き合い方がわからないのだ。どう話せばよいのか見当が付かない。趣味もないため話題がない、勉強だけが取り柄だったつまらない女だ。

　そんな女と誰が仲良くしたいと思うだろうか。入社してしばらくは話し掛けてくれた同期や先輩も、時が経つごとに疎遠になり、やがてお昼を一緒に食べる人は誰もいなくなった。

　派遣先のコールセンターは中堅の通信会社の一機関で、ビルの二階に社員食堂が設《もう》けられている。清潔な淡いグリーンの広いフロアに、長いテーブルが規則正しく並べられ、一台につき十人が座れる造りになっていた。調理場では何人もの中年の女の人があわただしく立ち働いている。

　正社員も派遣社員も利用が可能で、お弁当を持ち込んでもいい。私は初めの一ヶ月はそこでお昼を食べていたが、三ヶ月も経つと会社を抜け出して、近くの児童公園のベンチでお弁当を広げるようになった。

　周りの皆は友達や同僚と楽しく話している。でも、私はひとりぼっちだ。砂を噛んだような食べ物の味は家と変わらない。

そんなある晴れた日の正午過ぎ、私はいつも通りサンドイッチとお茶を持って公園に向かった。普段はそんなに人の来ない公園なのに、その日は子連れの女性が二、三組遊びに来ていた。

子どもたちは楽しそうに砂遊びをしている。すると、目を細めて我が子を見守っていたひとりの女性が、慌てて子どもに駆け寄った。

「あらっ、ゆうちゃん、砂をお口に入れちゃ駄目よ！　ほら、拭いてあげるからこっち向いて……」

甘く、優しい母親の声だ。私が一度も聞いたことのない愛情たっぷりの声。

「そう、いい子ね。ん、これでいいわ。さ、また皆と遊んでいらっしゃい」

サンドイッチを掴む手が震えるのを私は感じていた。

皆、誰かに愛され大切にされている。両親、友達、同僚……。でも、私には誰もいない。こんなにたくさんの人がいる街でも、私はやっぱりひとりぼっちだ。

毎日ギリギリの状態で働いて、食べて、寝て、ただそれだけの生活。一体なんのために生きているのだろう。

――ガタン、ゴトンという音とともに降りた電車が発車する。

都心でもこんな夜遅くにこの駅で降りる人はそれほどいない。古いせいか、ホームはすすけたようになっていて、周りの景色をものさびしくしていた。

私はひとり、人気《ひとけ》のない階段を上り、改札に定期を通して西口を出る。

途中でテイクアウトのお弁当屋さんに寄って、アジフライ弁当を買った。どんなに寂しくてもお腹《なか》は空《す》くものだと我ながら呆れる。

アパートまでは、そこから歩いて十五分ほどだ。私はなるべく明るい道を選んで歩いていく。ところが、あと少しで到着するというところで、どこからか小さな泣き声が聞こえた。

私は思わず足を止める。

「アアン……アン」

初めは辺りに住んでいる赤ちゃんの声かと思った。だけど、それにしてはすぐ近くから聞こえる。

私はちかちかと点滅する電柱の灯りを頼りに、周辺を探した。

赤ちゃんがいるのは、どうもゴミ捨て場の辺りらしい。まさか、この時代に捨て子なのか。

明日はゴミを出す日ではないのに、ゴミ捨て場にはいくつもの袋が置いてある。マナーなんてあってないようなものだ。近づくと、饐《す》えたにおいが漂《ただよ》ってきた。

「アアン……アアン……」

泣き声はどんどん弱々しくなる。弱っているのかもしれないと焦《あせ》った私は、ゴミをかき分けて赤ちゃんを探した。

十分ほどしてようやく声の主を突き止める。それは、人間の赤ちゃんじゃなかった。

「ミャァ……アア……」

子猫にしては大きい、でも、成猫というには小さな三毛猫《みけねこ》が倒れていたのだ。息はしているもののガリガリに痩《や》せていて、おまけに後ろ脚の一本があらぬ方向に曲がっている。交通事故に遭《あ》って、不自由な体でなんとかここまで避難したのだろうか。それからずっと助けを求めていたのかもしれない。

「アア……」

「た、大変。じゅ、獣医さん……」

とはいっても、もう夜も遅い。開いているところはなさそうだ。

ひとまず家に連れて帰ろうと、そっと抱き上げる。すると、猫がぴたりと鳴きやんだ。

「ごめんね、明日まで頑張ってね。今おうちに連れていくからね」

抵抗する気力もないのか、じっとしている。私は小走りでアパートへ急いだ。

鍵を開け六畳一間の部屋に電気をつける。片隅の中古のテレビと窓際のローテーブル、小さなタンスと、台所のひとり用の冷蔵庫だけの殺風景な部屋だ。

いつもは帰って明るくするたびに、私はやっぱりひとりなんだと寂しさを感じていた。でも、今はそれどころじゃない。

バスタオルを床の上に敷いて、猫をそっと寝かせる。

弱った猫には何がいるんだろう？　まずは水と食べ物？

猫を飼ったことなんてない。母と姉にひどいアレルギーがあったからだ。

とりあえず、小皿に水を入れて猫の前に置いた。猫はぴくりと鼻を動かしたものの、それ以上は反応しない。

だったら食べ物は？　でも、今ここにキャットフードなんてないし、この辺りにはコンビニがない。スーパーはあるが、もう閉まっているはずだ。

冷蔵庫にある食べ物はと言えば、お豆腐《とうふ》が半丁と卵が四個。マーガリンと冷凍した豚肉、ピーマンと玉ねぎくらいだ。どれも猫が食べられるとは思えない。

どうしたらいいのかと、冷蔵庫を開けたまま頭を抱える。すると、猫が小さく鳴いた。

「ミャア……」

首を起こして何かを見つめている。その視線の先にはローテーブルの上に置いた、さっき買ったばかりのお弁当があった。

「あれが欲しいの？」

「ミャア」

返事をするようにまた猫が鳴く。私は慌てて部屋に戻って、お弁当のプラスチックの蓋《ふた》を開けた。

猫の目当てはご飯でも、お漬物でも、ポテトサラダでも、クリームコロッケでもなくて、きっとこのアジフライだ。

「ミャア……ミャア……」

鳴き声が一層強くなる。よっぽどアジフライが欲しいみたいだ。

私は油のべとつく衣《ころも》をお箸で剥《は》いでアジを取り出した。さらに、食べやすいように細かくほぐす。念のために水で少し洗って塩分を落とし、小皿に取り分けて猫の前に置いた。

すると、緑の目がかっと見開かれる。そして、顔を近づけてにおいを嗅《か》ぎ、伏せた状態のまま一口食べた。よほど美味《おい》しかったのか、すぐに小皿に顔を突っ込み夢中になる。

私はほっと胸を撫《な》で下《お》ろした。食欲があるなら、まだ大丈夫だ。

一息ついて、再びテーブルに目を向ける。お弁当箱にはアジフライの残骸とその他のおかず、ご飯が残っていた。これは私が食べなければならないだろう。

テーブルの前に腰を下ろし、割り箸を割ってご飯を口にした。猫を眺めながらコロッケを摘《つ》まむ。

「あ……美味《おい》しい」

とっくに冷めているのに美味《おい》しい。いつも食事は砂を噛むような味だったのが、残業でカロリーを消費したせいなのか……

ううん、違う、と私はアジに夢中になっている猫を眺め続けた。

同じ部屋に体温を持った生き物がいるおかげだ。

「ねえ、あなたも美味《おい》しい？」

首を傾《かし》げて問い掛けると、猫が小皿から顔を上げていた。

「ミャア」

まるで人間の言葉を理解しているみたいだ。

「そう、美味《おい》しいの」

「ミャッ」

可愛くて、つい笑顔になる。

「明日は一緒に病院へ行こうね。元通りに歩けるようになるといいんだけど」

私は窓の外に目を向けた。もうすっかり暗くなっている。

明日が休みでよかった。猫を病院へ連れていける。

土日に予定ができたのは久しぶりだった。

生まれて初めて行く動物病院は隣町にあり、老先生とまだ若い女の先生のふたりで営業していた。

女の先生は、老先生のお孫さんなのだそうだ。引っ込み思案の私もおどおどせずに話せる、とても優しく親切なふたりだった。

猫は今、診察室の真ん中に設置された、銀色の台の上に乗っている。暴れるかと思ったものの、大人しい。向かいのデスクにはパソコンのモニタが置かれていて、さっき撮ったばかりの脚のレントゲン写真が映し出されていた。老先生がボールペンでその一枚一枚を説明してくれる。

「まず、後ろの右の脚だけど、これね、やっぱり粉砕骨折をしているね。多分神経も切れているから、この子には障碍《しょうがい》が残る可能性が高い。ノラのままでは生きていけないと思うね」

「えっ……そんな……」

お孫さんが後を続ける。

「この子はゴミ捨て場で拾ったっておっしゃっていましたが、どうしましょう。手術しますか？　難しい手術になるのでお金がかかります。ペット保険は入っていないんですよね」

「あの……いくらほどでしょうか」

恐る恐る尋ねると、老先生とお孫さんは顔を見合わせた。

「その……手術だけで少なくとも二十五万円はかかるかと」

「にっ、二十五万⁉」

私がこつこつ貯めたお金が吹っ飛んでしまう。

すると、「実はね」とお孫さんが溜息をついた。

「こういうノラ猫は結構持ち込まれるんです。拾った人も善意なんでしょう。でもね、いざ手術代を教えると、諦めたり、捨てていく人もいるんです。悪質なケースになると、治療費を踏み倒そうとして動物を入院させたまま置いていったりね」

「……っ」

「だから、失礼なんですけど、ノラの場合こうして確認を取っているんです。生き物はおもちゃじゃなく、可愛いだけじゃありません。お金も手間もかかります。人間と変わりないんですよ」

――人間と変わりがない。

猫が不意に首を上げ、その緑の目で私を見つめる。

「ミャア？」

なんの疑いも抱いていない真っ直ぐな目だ。

もし、ここで私が見捨てたら、この子はどうなってしまうんだろう。

ぐっと拳《こぶし》を握り締める。

……嫌だ。私は誰も見捨てたくない。

「手術、お願いします」

私はふたりに深々と頭を下げた。

「この子は私が飼います。お金はすぐおろして持ってきますから」

猫の手術は無事に終わり、二週間ほど入院した後、いよいよ退院の日を迎えた。

ただ、やっぱり障碍《しょうがい》が残り、脚を引きずることになるのだそうだ。と言っても、飼い猫であれば問題ないという。

キャリーケースに猫を入れ、私はお孫さんに頭を下げてお礼を言う。

「このたびは本当にありがとうございました」

「いえいえ。命に別状がなくてよかったです」

「ところで」と、お孫さんはキャリーケースに目を落とした。

「この三毛《みけ》ちゃんのお名前はもう決めたんですか？」

私は答えの代わりに微笑《ほほえ》んで頷《うなず》く。この子が入院中ずっと考えていた。

それから、私はバスに乗って自宅のアパートに戻った。

「ただいま」

キャリーケースを置き、蓋《ふた》を開けて猫を出す。予《あらかじ》め用意していたケージのベッドにすぐに寝かせた。

「今日からよろしくね」

猫は首だけ動かして室内の様子を窺《うかが》った。

もうキャットフードもトイレも用意してある。本やネットで調べて飼い方も学んだ。

残る問題は、この子を連れての引っ越し先だった。

このアパートはペットが禁止されている。大家さんに正直に事情を話して、期限付きで待ってもらっているけれど、ペット可の物件を探さなければならない。

差し当たっての問題は資金だ。ペット可の物件は家賃も敷金も高いところが多い。

それに、家具類が少ないとはいえ、ひとりで引っ越しなんて無理だ。やっぱり業者に依頼しなければならないだろう。

この子と暮らしていくために、お金を稼がなくてはならない。

「勤務時間増やしてもらえるように、リーダーに相談しなくちゃね」

私はケージを覗《のぞ》き込《こ》み、猫に目線を合わせた。

「ねえ、応援してね？」

「ミャア」

猫がそう答えて、顎《あご》を撫《な》でると喉をゴロゴロと鳴らす。私を信頼してくれているみたいだ。

それだけで、私は幸せな気分になれた。

翌日。職場でお昼休みになった直後、私は「勤務時間を増やしたい」と思い切ってリーダーに相談してみた。

リーダーは驚いたように椅子をくるりと回し、かたわらに立つ私をまじまじと眺める。

「収入を増やしたいの？」

「は、はい、そうです……」

「うちとしてはありがたいわ。八時以降の勤務も平気？」

「もちろんです！」

勢い込んで答えると、彼女はにっこりと笑って頬杖をついた。

「理由を聞いていいかしら？　あ、これはね、個人的な興味。嫌だったら答えなくてもいいわ」

「えっ……」

誰かに興味を持たれるなんて初めてだ。人に見つめられて頬が熱くなるのを感じる。しどろもどろになりつつも、なんとか説明した。

「その、猫を拾ったんです。その子と一緒に暮らすのに、今のアパートから飼えるところに引っ越したくて……」

リーダーの目が見開かれる。

「へえ、藤枝《ふじえだ》さん、猫が好きだったんだ！　うちもねー、息子が拾ってきたのを三匹飼っているのよ。懐くと可愛いものよね」

「三匹もですか⁉」

私がそれはすごいと驚くと、リーダーは腕時計に目を落とした。

「ねえ、なんだったらこれから一緒にお昼に行かない？　猫の種類とか名前とか教えてよ」

「は、はい……！」

私は圧《お》されるままに頷《うなず》いていた。

その日の夜、私がアパートの扉を開けると、ケージのベッドの上に丸まっていた猫が、「ミャア」と鳴いて顔を上げた。甘えて小さくゴロゴロと喉を鳴らす。

「ただいま」

私は笑って靴を脱ぐと、ケージの前にしゃがみ込んで話し掛けた。

「聞いてくれる？　今日ね、リーダーやチームの人とご飯を食べたんだよ。あなた以外とのご飯なんて久しぶりだった」

緑の瞳がじっと私を見上げている。神妙な面持《おもも》ちが可愛い。

「リーダーと前川《まえかわ》さんも猫を飼っているんだって。前川さんは愛護センターから引き取ってきたって言っていた。皆、結構、猫飼っているんだね」

相槌《あいづち》を打つかのように、猫が首を傾《かし》げる。その仕草が人間みたいでつい笑ってしまう。

それから私は色んなことを話した。今日あったこと、楽しかったこと、ちょっとしんどかったこと。自分の気持ちをこんなに語ったことは今までない。

猫はその間、黙って話を聞いてくれた。まるで、何もかもわかっているよと言いたげに。

その後、五つ離れた駅のある街に引っ越しても、それが私たちの習慣になる。仕事を終えてくたくたになって帰り、猫に一日の出来事を話して聞かせるのだ。

時には、昔あったことも打ち明ける。両親に嫌われ、姉弟にないがしろにされて悲しかったこと。それでも、今でも皆を嫌いだと言い切れないこと。

「――馬鹿だよね」

私はお布団《ふとん》に寝転がって、隣で香箱座《こうばこすわ》りをする猫の頭を撫《な》でる。猫は気持ちよさそうに目を閉じた。

「それでもね、前まではね、お母さんが迎えに来てくれるかもしれないって思っていたんだ……」

だけど、もう家族に期待はしていない。初めから存在しない愛情を求める気はなかった。

「だってね、私にはあなたがいるもん」

今ではこの子が私の家族だ。アパートに帰ってドアを開けるなり、不自由な脚で飛んできてくれる。

「あなたもそう思っているといいんだけどな」

猫は顔を上げじっと私の顔を見つめる。そして、「もちろんだよ」とでも言うかのように、小さな声で「ミャア」と鳴いた。

日々はそうして穏やかに過ぎていった。毎日残業しているとあっという間だ。気が付くと、ひとりと一匹で暮らして、二年の月日が過ぎようとしている。

そんな、とある晴れた初夏の日曜日の午後。私は猫を連れて近くの公園に散歩に行った。

私の家族は脚が不自由で普段は室内飼いだ。でも、多分もともとはノラなので、外に出たがるし、ずっと家の中ではストレスがたまる。だから、仕事が早く終わる日や週末は、猫用のハーネスをつけて無理のない範囲で散歩していた。

犬が散歩するのはよく見る光景なのに、それが猫となるとちょっと珍しい。公園に行くと色んな人にじろじろと見られ、声をかけられることがあった。

今日も早速、親子連れの子どもに、「ねーねー、おねーちゃん」と呼ばれる。

「はぁい、なぁに？」

「その子、猫ちゃんだよね？　猫ちゃんなのにお散歩するの？」

私はにっこりと笑って猫を見下ろす。

「そうよ。いつもはおうちの中にいるからね。お休みにはこうやってここに来るの」

この頃になると私は人から話しかけられても、びくびくしないようになっていた。

公園内を好きに歩かせたあとで、疲れを取ろうとベンチに腰掛ける。これもいつものコースで、猫は慣れた仕草で私の膝に飛び乗った。

緑の瞳が晴れた空を映している。

「気持ちいいねー」

私も空を仰《あお》いで目を細めた。

「今日の晩ご飯は何がいいかなぁ。ちょっと贅沢《ぜいたく》して、牛肉なんて焼いちゃおうかな？」

「ミャア」

「あ、あなたは猫缶ね。私だけ贅沢《ぜいたく》って不公平だもんね」

「ミャア」

一面の青の中、雲の白がきれいだ。こんなに幸せな気持ちになれる日が来るなんて、二年前には思いもしていなかった。

それからどれだけの時が過ぎたのだろうか。隣に誰かが座る気配がした。

Tシャツにジーンズ姿の、まだ若い男の人ですらりとしている。どうやら飼い犬の散歩に来たらしく、かたわらには毛並みのいいチワワが座っていた。きちんとしつけられているのか、大人しい。犬の気配に気付いた猫がちょっと毛を逆立てている。

彼に会ったことがある気がして、私は首を傾《かし》げた。すると、男の人が私の膝の上を見て「あれっ」と声を上げる。

「あの、すいません。その子って猫ですよね。犬じゃなくて猫の散歩ですか？」

「あ……はい。ストレスが溜まらないように」

声をかけてくれた人ともう何十回としたやりとりだ。

男の人が私を見てもう一度「あれっ」と目を見開き、私もその顔を確かめて驚いた。会社でよく見かける人だ。確か同じ課の正社員で、仕事の上でのやりとりはしたことがある。

「おわっ、藤枝さんじゃないか。なんか似てるなと思ったら」

「松井《まつい》、さん？」

そう、確か松井将人《まさと》さんという名前だ。年は二十五、六歳と聞いたことがある。

「驚いた。この辺に住んでいたんだ」

松井さんは笑いながら膝に頬杖をつく。

「はい。西側にあるアパートに……松井さんもですか？」

男の人と個人的に話したのは初めてで、身も心も緊張した。一方、松井さんは屈託《くったく》なく笑う。

「うん。俺は情けないんだけど、まだ実家暮らし。暇なときは、こうやって母ちゃんの犬の散歩を押し付けられているってわけ。お互いこんな近くに住んでいたんだな」

――母ちゃん。

その言葉に胸がずきりと痛む。松井さんの家は家族仲がいいらしい。

「藤枝さんは毎日ひとりで散歩？」

「あ、いえ。遅くならないときとお休みの日だけ……」

松井さんは感心したように膝の上の猫に目を向ける。

「いや、でも、偉いなー。ひとり暮らしで動物いるって大変だろ」

「いいえ、毎日とっても楽しいです。この子のおかげで頑張れるようになったし……」

はにかみつつそう答えると、松井さんは「そっか」と言ってまた笑った。

「藤枝さんって仕事も真面目だもんな。手際いいし、いつもちゃんとした子だなって思っててさ」

「あ、ありがとうございます……」

そんな評価を受けているとは知らなかったので、照《て》れ臭《くさ》くなって私は顔を下に向ける。

松井さんは私を見つめていたけれども、やがて「あのさ」と遠慮がちに切り出した。

「その子、ちょっと触っても大丈夫?」

「あ、はい。人懐っこいので、大丈夫だと思います」

この子は私と違って人見知りをせず、誰に触られても怒ったことがない。

「そっか。じゃ、お言葉に甘えて……。実は俺、猫派なんだよなあ」

彼は笑みを浮かべて手を伸ばした。ところが、猫はいつもとは打って変わって、松井さんの指に噛み付こうとする。

「おおっと!」

松井さんはすんでのところで手を引っ込めた。

「え、ええっ⁉」

この子がこんな真似をするのは初めてだ。けれど、緑の目には紛《まぎ》れもない怒りが浮かんでいる。

「ご、ごめんなさい！　どうしちゃったんだろう」

わけがわからなかった。

「いや、いいよ。いきなりだったから驚いたんだろうな」

松井さんは苦笑しつつ猫の顔を覗《のぞ》き込む。

「まあ、俺、無神経だし、それでも撫《な》でるけどな‼」

言うが早いか猫の頭をがしがしと撫《な》でて、今度こそ手に穴が空《あ》くほど噛み付かれたのだった。


松井さんとはそれからも、たびたび公園で会うようになった。散歩の時間帯が同じだったようだ。

彼は気さくで楽しく、話し上手な人だった。

彼が教えてくれたところによると、松井家は先祖代々の江戸っ子らしい。家族はお祖父《じい》さん、お祖母《ばあ》さん、ご両親、弟さんがなんと三人。今時珍しい八人の大家族なんだそうだ。お祖父《じい》さんとお父さんは共同で工務店をやっているのだという。松井さんは長男だが向いていないので跡を継ぐつもりはなく、代わりに弟さんふたりが名乗りを上げていると聞いた。

「俺も一応、給料を何割か入れているんだけど、それでも食費が毎月大変らしくてさー。なんせ男六人だ。母ちゃんにはさっさと出てけって言われているんだよ。俺としてはもうちょっと金貯めてからがいいんだけど」

松井さんの話はどれも面白かった。私は彼という男の人を、どんどん知っていく。どちらかと言えば犬より猫派なこと。洋食より和食が好きなこと。大学では専攻を考古学か経済学にするか迷ったこと。

だけど、私が話せることは、ほとんどなかった。何せ、特技はなく趣味は猫の世話くらいなのだ。実家については絶対話したくない。家族に嫌われているのだとは、知られたくなかった。

それでも、松井さんが私の数少なくつたない思い出話を「つまらない」なんて言うことはなかった。いつも熱心に耳を傾けてくれる。

そんな彼に心惹かれるのは当然だ。いつしか私は、松井さんと会うのを心待ちにするようになっていた。

秋も終わりの土曜日、午後のことだ。

その日、私は手作りのお弁当をナプキンに包んで、スーパーでもらったエコバッグに入れていた。

先週、私が自炊していると話したら、松井さんが『一度、食べてみたいなあ』と言ったのだ。私はおずおずと申し出た。

『あ、あの、よろしければ、来週、お弁当、作ってきます』

『えっ、いいの？』

『はい。私も、一度自分の料理が美味《おい》しいのかどうか、人に確かめてもらいたかったので……』

『うわ、嬉しいな。じゃあさ、俺は料理できないから……。そうだ。うちの近くにうまいたこ焼き屋があるから、そこでひとつ買ってくるよ。お互い半分こしようか』

その言葉を思い出して頬が熱くなる。

男の人とご飯を一緒に食べることになるなんて、信じられない。ううん、もっと信じられないのは、「作ってきます」だなんて言った、自分の大胆さだ。

猫の上半身にハーネスをつけて準備を整える。ちょっと遅くなったので、急がなければならない。

「じゃあ、行こうか」

「ミャア」

アパートのドアを開け階段を下り、振り返った直後、体が一瞬にして凍り付いた。

なぜなら、そこには姉が立っていたのだ。

二年ぶりに見る姉は髪を染めてお化粧もして、私が家にいた頃よりずっと派手になっていた。

「おね……ちゃん？」

「やっと見つけたわ」

彼女は憎々しげに私を睨《にら》み付ける。

「どれだけ探したと思っているの⁉　私たちがどれだけ大変だったと思うの」

姉によると家族はずっと私を探していたらしい。娘が家出をしただなんて人には言えず、別の街に引っ越し、そこで会社勤めをしているとごまかしていたそうだ。

父の知り合いが働いていた会社が私の勤め先との取引があって、その知り合いが偶然、出張先で働いている私を見かけた。「東京のあの会社なんてすごいね。娘さんも立派になったね」と褒めたようだ。そこから私の居場所がわかったのだという。

姉はとにかくイライラしているみたいだった。

「もう勝手な真似はやめてよね。あんたのせいで無茶苦茶なんだから」

聞けば、私がいなくなって以来、生活が苦しくなり、弟が大学に通い続けるのは難しくなったのだそうだ。そこで、私に代わって頼られたのが姉だった。だけど、彼女はもう就職してひとり暮らしをしており、実家に仕送りをする余裕なんてない。だから、両親に言われて私を連れ戻しに来たというわけだ。

「こんなところに住んでいるなんて。とにかく、早くうちに帰ってよ。私にこれ以上迷惑かけないで。お父さんとお母さんも少しは待ってくれるって言っているから」

姉は私が帰ると決めつけている。逆らうとは考えてもいない。

私が震えつつ黙り込んでいると、猫が毛を逆立てた。

「ウ、ウウウ……」

唸《うな》り声まで上げている。ここまで怒るこの子を見るのは初めてだ。姉が猫を見て後ずさる。

「ちょっと、何よ、その猫。こっちに近づけないでよ」

そう言われて、はっとなった。姉は猫アレルギーがある。

「駄目よ。怒らないで……」

私が宥《なだ》めても猫は一向に引かない。緊張が走る。そこに、すっかり聞き慣れた声が割って入った。

「おーい、藤枝さん、遅いから迎えに来たよ……って、あれ？」

片手にたこ焼きの入った袋を持った松井さんだ。

「ごめん。来客中だった？」

彼は私と姉を見比べて戸惑《とまど》った顔になる。

「もしかして、ご家族？　えーっと、お姉さんとか？」

言い当てられたことに驚いたのは、私だけではなく姉もだった。私たちはお互いに全然似ていないと思っていたのに。

松井さんが屈託《くったく》なく笑う。

「あ、やっぱり。美人姉妹ですね。どうも、初めまして。僕、松井将人って言います。えーっと、藤枝さんの……うーん、とりあえず同僚です」

「まさか、あんたの彼氏？」

姉は目だけで信じられないと伝えてきた。様子がどうもおかしいことに気付いたのだろう。松井さんが私を見て眉を顰《ひそ》める。

「藤枝さん、顔色悪いけど……大丈夫？」

男の人がいるのでは分が悪いと悟ったのか、姉はなぜか悔しそうな顔で「とにかく」と私に背を向けた。

「また来るから、それまでに荷物をまとめておきなさいよ。まさか、家族を見捨てるなんてしないわよね？」

姉の言葉に松井さんが目を見開いて私を見下ろす。

ついに知られてしまった。

私は瞼《まぶた》をかたく閉じて拳《こぶし》を握り締めた。


松井さんと私は気まずい空気のまま公園に向かった。百日紅《さるすべり》の木の下にある真新しいベンチに隣り合って腰を掛ける。猫が勝手知ったるといった感じで、早速私の膝の上に飛び乗った。

せっかくのお天気なのに空が暗く見える。それはきっと私の心が曇《くも》っているせいだ。何と言っていいのかわからず、膝の上の猫を撫《な》でる。柔らかな毛並みと体温が私に勇気を与えてくれた。どうにか口を開いて話を切り出す。

「さっきの人……松井さんの言っていた通り、姉なんです。でも、私とはあまり仲が良くなくて……。私、実は家を出ているんです。両親ともうまくいかなくて」

「うん、多分そうなんだろうなとは思ったよ」

松井さんはベンチに背を預けて空を仰《あお》いだ。

「藤枝さんちとは比べようがないけど、俺んちもそれなりに色々あったし。人に話せることも、話せないこともある。だからさ、藤枝さんも嫌なら無理に打ち明けなくていい」

私は「えっ」と松井さんの横顔を見た。松井さんのご一家は仲が良さそうで、私の理想の家族にしか思えなかったからだ。

松井さんは瞼《まぶた》を閉じて風を感じているみたいだった。前髪が百日紅《さるすべり》の木の葉とともに揺れている。

「そんなもんだよ。……家族にも歴史がある。歴史って壮大なものだけじゃないだろ。愛や友情は素晴らしいと思う出来事もあれば、反吐《へど》を吐くくらい残酷な面もある。それを作っているのはやっぱり人間だ」

「……っ」

「だからさ、誰でも、どの家族でも、何があっても、何をしても、何を抱えていても、当たり前なんだと思う」

私も空を見上げた。音もなく流れていく雲が見える。

私は今まで、人のことを考える余裕がなく、自分の寂しさや悲しさばかりにこだわっていた。だけど、こんなに明るく見える松井さんも何かを抱えているのだろうか。人は皆大なり小なりそうやって生きているのだろうか。

松井さんは体を起こして膝の上に肘をついた。

「俺が知っている藤枝さんは、毎日一生懸命頑張っている、そんな女の子だよ。俺が見てきた君の三年間の歴史はそうだった」

彼には珍しく緊張した表情で私の顔を覗《のぞ》き込む。

「もうとっくに気付いているかもしれないんだけど、俺、君が好きです。色んなものを抱えて、それでも頑張ってひとりで立っているんだって知って、もっと好きになりました」

生まれて初めて聞く「好きだ」という言葉に、私の頭は一瞬にして真っ白になる。松井さんが、私を好き？　私が、強い？　そんなの、考えたこともない。

「こんなときにごめん。でも、今しか言えないと思ったんだ。これからは恋人としてこうして過ごしたい」

膝の上の猫がうぅんと背伸びをする。「お前、呑気だなあ」と松井さんが呆れたようにその背を撫《な》でた。

「もちろん、すぐに答えをくれとは言わない。心の整理がついたらでいい。ああ、言っちまった。もっと仲良くなってからにしたかったのに」

私が衝撃に声を失くしている一方で、彼は「あーっ」と雄叫《おたけ》びを上げた。

「とにかく!!」

そして、袋からすっかり冷めてしまったたこ焼きを出す。

「今は食おう！　藤枝さん、弁当もらっていい？　俺、楽しみにしていてさ」

「あっ……はい……」

私が反射的にお弁当箱を手渡すと、松井さんは包みを解いて蓋《ふた》を開けた。

「うおっ、豪華だな～。しかも俺の好物ばっかり」

私は慌てて彼に尋ねる。

「すいません、魚のアレルギーないですか？　私、アジフライ入れちゃったんですけど……」

「ああ、平気、平気。俺、健康だけが取り柄だから」

松井さんは渡したお箸でアジフライから手を付けた。

「おっ、美味《うま》い。これ自宅で揚げたの？」

「はい。やっぱり家でやったほうが美味《おい》しいので」

「へえー、うちなんて揚げ物はほとんど商店街で買う出来合いだよ」

その日の冷たくなったアジフライは、初めて猫と一緒に食べたときと同じくらい美味《おい》しかった。

松井さんに告白されて、あっという間に一週間が過ぎた。

姉や家からの連絡はなく、アパートにも来ていない。

今日は三十分後に、松井さんと公園で会う約束をしている。

あのとき言った通り、彼は答えを急《せ》かさなかった。そんな素振りもなく、これまでと同じ態度で接してくれている。

私はその間ずっと考えていた。ずっとずっと考えていた。誰からも愛されなかった私が誰かに愛され、愛し、関係を築くことができるのかと……

「ねえ、どうしよう」

ごろんとフロアの上に寝転がった私は、窓際に敷いた座布団《ざぶとん》の上でのんびり日向《ひなた》ぼっこをする猫に話し掛ける。猫は顔だけ上げて緑の目でじっとこちらを見つめた。私は腕を組んでその中に顔を埋《うず》める。

「すごく、怖い……怖いんだよ。松井さん、誠実な人だってわかっているのに……」

人に尽くすのが、裏切られるのが、傷つけられるのが、人が信じられなくなるのが、怖い。

「怖いよ……」

「好きだ」と言われて怖くなるだなんて思わなかった。

どうしたらいいんだろうか。いくら猫に語ったところで、結局答えは自分でしか出せない。

松井さんは私を強いと言っていた。ひとりで立つことのできる女の子だと。でも、そんなの嘘だと思う。目の前の幸せにすら怯《おび》えているのに。

「ミャア」

猫が鳴いたので顔を上げる。猫は、真っ直ぐに私を見つめていた。

「どうしたの？　お腹空《なかす》いたの？」

　そう声を掛けると、陽だまりの中でゆっくりと立ち上がる。見慣れた光景のはずなのに、その姿に心を打たれた。

　手術の前に老先生に聞いていた通り、猫の脚は今でも治らず不自由なままだ。それでも、こうして自分の力で立ち上がれる。

　私もこの子と同じなんじゃないのか。癒《い》えない心の痛みに苦しみながらも、なんとか生きてこられたのだ。

　なぜこの子を拾ったのか、今さら自覚する。私は、この子に自分を重ねていたのだ。ひとりぼっちで傷ついた、もうひとりの私。

　体を起こして猫の頭を撫《な》でた。

「あなたが頑張っているんだもん。……私も勇気を出さなくちゃ」

　松井さんに「好きです」と告げようと決める。すべてを抱えたままで、一歩前に踏み出したかった。

　だけど、やっぱりちょっと怖い。だから――

「……ねえ、一緒に行ってくれる？」

　そう尋ねて緑の目を覗《のぞ》き込む。猫は私を見上げて「ミャア」と鳴いた。

私はお気に入りの服に着替えると、猫にハーネスをつけ、戸締まりを確認してアパートを出た。今日は少し肌寒い気がする。そのうち雨が降るのかもしれない。Gジャンを着てきて正解だ。

私は松井さんになんて挨拶《あいさつ》をしようかと考えつつ、猫と一緒にいつもの道を歩いていく。

返事はイエスだと決めたはいいものの、今度はタイミングに悩まなければならなかった。挨拶《あいさつ》をして「お話があります」とでも言えばいいんだろうか。恋なんて初めてで、さっぱりわからない。

十分ほど歩いたところで曲がり角に差しかかる。ここを曲がって五分も歩けば公園だ。

ところが、一方通行であるはずの道路で、反対側、つまり私の後ろから車が来る音が聞こえた。よそから来た人が間違えたのだろうかと振り返る。そのときにはもう黒光りのする車体がすぐそばまで迫っていた。スピードを落とす気配はまったくない。

体が凍り付いたように動かなかった。私がこの世で最後に目にしたものは、昼間なのに灯りのついた車のライトだ。

◇◆◇◆◇

意識が過去から現在に戻り、私は皿の上のごちそうを眺めた。

「思い出されましたか？」

そばに控えていた男の人が、優しい眼差《まなざ》しで私を見つめる。私はゆっくりと頷《うなず》き溜息をつく。

きっとあのとき、車に轢《ひ》かれて死んだのだ。

「このレストランは強い未練のある魂《たましい》が訪れる場所です。あなたの未練とは何でしょう？」

私は悲しくなってテーブルに目を落とす。

「松井さんに告白できなかったことと……やっぱりあの子が、猫が心配だったのかな」

あの子は、私がいなければ生きていられない。松井さんが引き取ってくれれば嬉しいが、死んでしまってはもう頼みようがない。

それにしても、彼には悪いことをした。気を持たせた挙句に死んでしまうなんて。私の死が自分のせいだと思わなければいいのだけど。

すると、男の人がその場にしゃがんで私と目を合わせる。

「しかし、お客様、その記憶はあなたのものなのでしょうか？　あなたの未練はそんなものですか？　もっと強い思いがあったのではないですか？」

何を言っているのかわからず、私は首を傾《かし》げるしかない。

「それでは、なぜあなたの手は……いいえ、足はそんなに小さいのですか？」

はっとして目を落とすと、そこには人間の手ではなく、揃えられた三毛猫《みけねこ》の脚があった。

「あなたの体はなぜそんなに小さいのですか？」

見下ろしていたはずのテーブルが突然高くなる。

どういうことなのかと目を剥《む》く私に、男性は穏やかな声で語り掛けた。

「ここは心の在り方が現れる世界。しかし、自分を偽《いつわ》り続けることは不可能です」

そして、「さあ、思い出してください」と私の顔を覗《のぞ》き込む。

「お客様の本当のお名前はなんですか？」

すると、霧《きり》が晴れるみたいに頭がはっきりとして、私は自分の真実の姿を思い出した。

ああ、そうだ。そうだった。

私は男の人の顔を見上げる。

『私は……ヒナ。それは変わらないわ』

口から出てきたのは「ミャア」という猫の声。そう、これが私の本当の声だ。ここでは不思議と人間の言葉に聞こえる。つまり死んだのは私、猫の「ヒナ」だ。

自分が何者だったのかすら覚えていなくても、「ヒナ」という名前だけは忘れるはずがなかった。だって、ずっと一緒に暮らしてきた優樹菜《ゆきな》がつけてくれたんだもの。

『私は優樹菜の家族だったの……。毎日、優樹菜が語る気持ちを聞いてきた』

優樹菜について知らないことなんてない。優樹菜は一番大好きで大切な人だ。いつも優樹菜のことばかりを考えていた。

だから、死んだショックで意識があやふやになったあと、彼女が語ってくれた記憶と感覚を、自分のものだと思い込んでいたのだ。

私自身の短い一生はこうだった。


——いつ、どこで生まれたのかは覚えていない。でも、お母さんのことは何となく覚えていた。お腹《なか》が空《す》いて鳴くと飛んできてくれて、優しく舐《な》めて毛づくろいをしてくれる。温かい毛にくるまれておっぱいを飲むと、世界には幸せしかないんだと思えた。

そのお母さんから引き離されたのは、おっぱいをもうそんなに飲まなくなった頃。ある朝目が覚めると、私たちがいる箱を、人間のおばあさんふたりが覗《のぞ》き込んでいたのだ。

「じゃあ、この三毛《みけ》の子にしようかね」

おばあさんのひとりが頬をほころばせる。皺《しわ》枯《が》れた手が私をそっと抱き上げた。お母さんと同じくらい温かい手だ。

「今時の洒落《しゃれ》た名前なんてわからないからねえ、ミケ、タマ、ミケ、タマ……。うーん、やっぱりミケにしておくかね」

こうして私の最初の名前は「ミケ」になり、おばあさんと小さな古い家で暮らすことになる。

私を引き取ったおばあさんは穏やかな優しい人で、無理に私に触ることも構うこともなく、甘えたいときには膝に座らせてくれた。「ブツダン」という黒いおかしな台に、「おじいさん」という人の絵を置いて、時々「オキョウ」を唱えている。どうしてそんなことをするのかと不思議だった。

「やっぱり生き物がいると、家の中が明るくなるね」

おばあさんはよくそう言って膝の上の私を撫《な》でた。

「おじいさんにもミケを見せてあげたかったねえ……。あの人は子煩悩《こぼんのう》で、動物も好きだったし」

私はおばあさんの膝と手が大好きだった。いつも陽だまりと同じにおいがしたから。

だけど、その生活はすぐに終わりを迎えることになる。おばあさんが突然いなくなってしまったのだ。

ある日、おばあさんは「かいもの」に出かけたきり、どれだけ待っても家に帰ってこなかった。私は次の日も、その次の日もひとりきりで過ごす。お腹《なか》が限界まで空《す》いた頃に、ようやく家の引き戸が開けられた。

ところが、喜び勇んで玄関に飛んでいくと、そこには見知らぬ人間が何人もいたのだ。皆、黒い服を着て暗い顔をしている。続いて大きな木の箱が運び込まれてきて、そこからはおばあさんのにおいがした。

やっと帰ってきたんだと、私は嬉しくなる。

おばあさんはきっとあの箱の中に隠れているんだ。でも、あの人間たちは何だろう。どうして私とおばあさんの家に入ってくるの？

人間たちはおばあさんの入った木の箱を、「ブツダン」のある部屋に運び込んだ。てきぱきと布団《ふとん》を敷いておばあさんを寝かせると、顔の上になぜか白い布を被《かぶ》せる。横には小さな机を置いて、変なにおいのする緑の棒と、つるりとした白い棒に火をつけた。

私は火と知らない人間が怖くて、おばあさんに近づけない。早くいつものように食べ物をもらって、膝の上に乗って転寝《うたたね》をしたいのに――

扉の隙間から様子を窺《うかが》っていると、人間たちがおばあさんを囲んで、「苦しまなくてよかったな」と溜息をついた。

「病気ひとつしなかったのにな」

「スーパーで倒れたんだよ。ほぼ即死だと言われた」

「ここは処分するしかないだろう。俺たちにはもう別に家があるし……」

人間のひとりが不意に振り返って、部屋を覗《のぞ》き込んでいる私に目を留める。

「おい、猫がいるじゃないか。母さん、猫なんて飼っていたのか」

「そう言えば子猫を引き取ったって。ちょっと、私、猫苦手なのよ」

人間たちは気まずそうに顔を見合わせた。

「まあ、とにかく、今は葬式を無事に終わらせるのが先だ。猫については後から考えよう」

その夜、私はこっそりおばあさんのいる部屋に忍び込んだ。

「ミャア」

鳴いて擦り寄ったものの、おばあさんは目を覚まさない。冷たく硬いままだ。

「ミャア……」

私はおばあさんの足もとに丸まった。おばあさんは明日になればきっと起き上がって、今までと変わらない一日が始まるはず。だから、今は眠ってしまおう。

なのに、私がようやく目を覚ましたときには、おばあさんはもうそこにいなかった。

がらんとした部屋には、昨夜の人間たちもいない。

不安に駆られた私は、家中でおばあさんの姿を探した。だけど、どこにもあの優しい笑顔は見当たらない。

「ミャア」

「ミャア」

「ミャア」

声を枯らすほど鳴いても、おばあさんは戻ってこなかった。やがて、疲れ果ててその場で蹲《うずくま》る私に、後ろから手が伸ばされる。はっと気付いたときには袋に入れられ、視界が真っ暗闇に閉ざされていた。

身の危険を感じて暴れに暴れる。でも、軽々と運ばれて乱暴に袋ごとどこかへ放り込まれた。

雷みたいなおかしな音がして体が揺れる。どこへ行くのかと不安になっていると、やがて揺れが止まって担《かつ》ぎ上《あ》げられ、今度は袋ごと投げ出された。

袋が絡みついて体の自由がきかずに、硬い何かに背を打ち付ける。同時に、結び口が緩んだのか、外に放り出された。

そこは、まったく知らない場所だ。石と草だらけで、近くに川が流れている。おばあさんと暮らした家がどこにも見えない。においを辿《たど》ろうにも、辺りは犬や他の猫、人間のにおいが混じって、どうにもならなかった。

私はとにかく人間のいる場所へ行かなければと思った。そうすればきっとおばあさんにまた会えると考えたのだ。

それから猫に追いかけられ、犬に噛まれそうになり、ざあざあ降りの雨でずぶぬれになり、人間の子どもに虐《いじ》められても、歩いて、歩いて、ただ歩き続けた。おばあさんに会いたい一心だ。

空腹は、虫や鳥の死骸を食べてしのいでいるものの、それだってたまにしか手に入らない。おばあさんのくれる食べ物が恋しかった。いつしか、自慢の毛並みもぱさぱさになり、毛繕いをする元気もなくなる。

ついに、歩く気力もなくなってその場に座り込んだ。すると、前から鋭い光が当てられる。人間が乗る「くるま」の光だ。次の瞬間、凄《すさ》まじい衝撃とともに体が宙に舞い上がる。撥《は》ね飛《と》ばされ、地面に叩《たた》きつけられ、私はギャッと悲鳴を上げた。

脚が痛い。痛いよ。燃えるように痛い。私はどうなったというの？

「……っ」

力を振り絞って「くるま」の来ない片隅に移動し、大きな袋の陰に隠れるように倒れ込む。後ろ脚の一本が痛くてまったく動かない。でも、痛みよりも何よりも、ひとりぼっちなのが悲しかった。

「ミャア……」

私は鳴いた。おばあさんを呼んで鳴いた。

「ミャア……」

おばあさん、おばあさん、どうして私を捨てたの？　どうして私をひとりぼっちにするの？　お願いだから、もっといい子になるから、私を迎えに来て……!!

「ミャア……ミャア……アアン」

一体何時間、鳴いたことだろう。喉が嗄《か》れてきた頃に、ひとりの人間が倒れている私の前で立ち止まる。人間は袋をかき分けて私を見つけたようだ。

「た、大変。じゅ、獣医さん……」

温かい腕が私を抱き上げる。

おばあさん？　ううん、違う。おばあさんはこんな花みたいなにおいはしなかった。でも、同じくらい気持ちがよくて安心する。

「ごめんね。明日まで頑張ってね。今おうちに連れていくからね」

人間はそう言って私の頭を撫《な》でた。

それから私が連れていかれたのは、おばあさんの家と同じくらい、明るくてきれいなところだった。片隅にそっと寝かされ水の入った器《うつわ》を置かれる。でも、今は喉が渇いたのではなく、お腹《なか》がぺこぺこでたまらなかった。

するとどこからか美味《おい》しそうなにおいが漂《ただよ》ってくる。あの台の上に置かれた箱の中からだ。

人間が私の顔を覗《のぞ》き込んだ。

「あれが欲しいの？」

「ミャア」

そう、私はそれがほしいの。

「ミャア……ミャア……」

人間は箱を持って奥へ引っ込むと、今度は何かを手に持って戻ってきた。あの箱と同じ美味《おい》しそうなにおいがする。

私は脚の痛みもすっかり忘れて、無我夢中で器《うつわ》に顔を突っ込んだ。久しぶりの食べ物の味に体が震える。

ああ、なんて美味《おい》しいんだろう。力がみるみる満ちるのを感じる。こんなに美味《おい》しいものは生まれて初めて食べた。

食べ物に夢中になっている途中ではっとする。あの人間は、おばあさんのように突然姿を消して私を捨てたりしないだろうか？

慌てて顔を上げると、人間は台の前に座り、おばあさんみたいに二本の棒で箱の中身をゆっくり食べていた。

不意に私に目を向け優しく笑う。

「ねえ、あなたも美味《おい》しい？」

「ミャア」

私はほっとし、嬉しくてまた鳴いた。この人はずっとそばにいてくれる。きっと私を捨てたりはしない――なぜかそう思えたのだ。

「そう、美味《おい》しいの」

「ミャッ」

「明日は一緒に病院へ行こうね。元通りに歩けるようになるといいんだけど」

その夜、私は違うところに寝かされていたんだけど、途中で目を覚まし、その人間が眠るお布団《ふとん》のところに脚を引きずりながら向かった。

おばあさんにもそうしていたみたいに、足もとに丸まって瞼《まぶた》を閉じる。

目が覚めてもこの人がいてくれますように……。そう願いつつ、私の意識は眠りの闇の中に落ちていった。

それから私は「びょういん」に連れていかれ、お尻に痛い針を刺されて眠くなり、はっと目を覚ましたときには、狭い囲いの中に入れられていた。

顔の周りにおかしな透明の輪をつけられている。あちらこちらから他の猫や犬の鳴き声がした。つんとしたにおいもして変な感じだ。

ここはどこ？　優しい手のあの人がいない。私はまた捨てられたの？

不安になって体を起こそうとしたのに、だるくて座り込んでしまう。すると、扉がきいと音を立てて開き、白い服を着た別の人間が現れた。

人間が私のいる囲いに目を留めて立ち止まる。

「こんにちは、三毛《みけ》ちゃん。うん……元気そうね」

近づいてきたのが怖くて、顔を引っ込める。すると、人間は「藤枝さんじゃないと駄目かー」と呟《つぶや》いた。

「三毛《みけ》ちゃん、あなた、幸せね。あんなに思ってくれる人がいるなんて」

私を覗《のぞ》き込んで優しく微笑《ほほえ》む。

「ほんとはね、私、もうこの仕事辞めようと思っていたんだ。でもね、藤枝さんとあなたを見ていて、もっと頑張ってみようって考え直した」

「……ありがとう」と、その人間は目を細めて確かにそう言った。

「藤枝さんと幸せになるんだよ。大丈夫。きっとなれるからね」

その後しばらくしてあの人が私を迎えに来て、あのきれいな部屋に連れ帰ってくれることになる。

人間は箱の中からそっと私を出すと、また違う箱の中に入れた。お腹《なか》の下がふかふかして気持ちいい。

今日はお日様が眩《まぶ》しくて温かい。それと同じくらい、この人の眼差《まなざ》しも温かい。私はいつしかゴロゴロと喉を鳴らしていた。

「ねえ、聞いている？　あなたの名前、決めたの。ヒナよ。日向《ひなた》のヒナ。私はね、優樹菜って言うの。終わりだけお揃いにしてみたよ」

――ヒナ。それが私の新しい名前。優樹菜。それがあなたの名前。

こうして私たちは「かぞく」になって一緒に暮らすことにした。

それからは毎日が嬉しくて、楽しくて、美味《おい》しい。

途中で「まつい」という変な奴も出てきたけど、この人も優樹菜と同じ温かさで、それに、優樹菜が好きなんだとわかったので、私もだんだん彼を好きになっていく。

ある日、優樹菜がちょっと怖い顔をして、「はーねす」を持って散歩に行こうと誘ってきた。私は喜び勇んで優樹菜を見上げて「ミャア」と鳴く。

優樹菜は私に「りーど」をつけると一緒に外に出た。さっきは晴れていたのに、今は少し曇《くも》っている。お日様がまた顔を出すといいなと思いつつ、私は優樹菜と通い慣れた道を歩いた。

ところが、曲がり角まで行ったところで、後ろから嵐が通り抜けるような音が聞こえたのだ。何があったのかと振り返ったときには、目が眩《くら》むほどの光が当てられて、大きな黒い塊《かたまり》がすぐそこまで迫っていた。

そこから先のことはよく覚えていない。私は全身に襲い掛かる激痛で目が覚めた。

「……ミャ……ァ」

やっとの思いで鳴くと喉の奥から熱い何かが溢れる。

ひどく痛くて苦しい。息がまったくできない。体中に骨が突き刺さっているみたいだ。だけど、まだものを見て音を聞くことだけはできる。

目の前で倒れる優樹菜を見て目を見開く。彼女は頭と体から何かを流して倒れていた。

「……な」

優樹菜の指先がぴくりと動いて私を呼ぶ。

「ひ……な……」

ああ、優樹菜はまだ生きていた！

でも、私にはわかる。わかってしまう。私はもう何をやっても駄目だ。優樹菜も放っておけば命を落とす。

助けなくちゃ。優樹菜を助けなくちゃ。

そう思うのに体に力が入らない。それどころか、どんどん失われていく。やがて強烈な眠気が襲ってきた。

眠っちゃいけない。一度眠ったら、もう目を覚ませない。お願い。誰か助けて。優樹菜を助けて。私じゃ助けられない。

眠っちゃ、いけない……

「ミャア……」

優樹菜を呼んだその声が、私の最期の鳴き声だった。

◇◆◇◆◇

こうして思い出した今なら、理解できた。あの霧《きり》は私の心の霧《きり》だったのだ。その証拠に、記憶がはっきりしたとたん、窓の外の景色がぱっと開けている。

「それがあなたの未練だったのですね」

オーナーの男性が優しく微笑《ほほえ》む。

「あなたは優樹菜さんを母親のように、親友のように、娘のように、自分自身のように愛していた」

『わかんない……。わかんない……。わかんないけど、優樹菜が大好きだった……』

どうして私はあんなに無力だったの。優樹菜が助けを求めているのに、結局何もできなかった。

オーナーの男性は腰をかがめて、私の背をそっと撫《な》でてくれる。

「ヒナ様、あなたにもできることがあります」

『私に、できること……？』

「私は、あなたの魂《たましい》を無事あの世へ導く者。そのための力を授《さず》けられているのです……」

◇◆◇◆◇

——俺はスマホをジャケットのポケットから出した。

もう約束の時間から十分が過ぎている。藤枝さんはきっちりした女の子だから、遅刻だなんてありえないはずだ。いつも五分前には、ここに来ている。

ということは……と、しばし考え、どっと落ち込む。

「これは……振られたか？」

藤枝さんは男慣れしていない感じだったたし、俺に直接断るのが怖くなって、やむなくすっぽかすことにしたのかもしれない。

だが、すぐに違うと思い直す。彼女に限ってそんな真似はしないだろう。お姉さんが来たときみたいに急用ができたという可能性もある。

もうしばらく待っていようと決めたところで、どこからか「ミャア」と猫の声が聞こえた。

「ヒナ……⁉」

振り返ると、そこにちょこんと座っていたのは、確かにヒナだ。この印象的な緑の瞳を間違えるはずがない。何もかも見透《みす》かしていると感じる不思議な瞳だ。最近やっと俺にも懐いてきたので、可愛くてしょうがなくなっているところだった。

俺はベンチから立ち上がると、ヒナの前にしゃがみ込む。

「お前、一匹だけでどうしたんだ。藤枝さんは？」

ヒナはくるりと身を翻《ひるがえ》すとまた「ミャア」と鳴いた。「ついてこい」と言っているみたいだ。

いつもなら猫がそんな真似をするわけがないと、笑い飛ばしていただろう。だけど、そのときだけは妙に胸騒ぎがして、走り出したヒナの後を追った。

走る途中で、はっとする。

ヒナは後ろ脚が不自由だ。なのに、今は四本の脚で地面をしっかりと踏み締めている。

どういうことだと思いつつ曲がり角を曲がった直後、俺は血だらけの藤枝さんを見つけた。うつ伏せに倒れてぐったりとしている。

「……藤枝さん‼」

こういう場合には動かしてはいけなかった気がする。彼女の首筋に手を当てると、弱々しいながらも脈が感じられた。

すぐにスマホを取り出し一一九番通報をする。必死に心を落ち着け、場所と病状を告げると、受付の人はすぐに救急車をよこすと言ってくれた。

サイレンが近づいてくるまでの七分を、どれだけ長いと感じたことだろう。

「大丈夫ですか‼」

救急隊員が救急車から駆け降りてきて、藤枝さんに素早く処置をし担架《たんか》に乗せる。

さすがプロだけあって手際がいい。

俺はその背に向かってこう尋ねた。

「すいません、病院まで同乗できますか⁉」

「患者さんとのご関係は⁉」

うっと答えに詰まる。彼氏……ではないよな。単なる同僚じゃ乗せてもらえないかもしれない。

思い余って口から言葉が飛び出る。

「こ……婚約者です!!」

ああ、なんて馬鹿なことを言っちまったんだ。まあ、こうなればなるようになれだ。

藤枝さんが助かって起き上がったらすぐ、そういう関係に持ち込めばいいだけだ！

そうだ、藤枝さんは必ず助かる。俺は昔っから不思議と運がいいんだ。

「では、ご乗車ください」

けれど、隊員に促《うなが》されて乗り込む間際に、はっとなった。

「そうだ、ヒナ」

あいつをここに残していくことになるじゃないか。妙に賢い猫だし自力で帰れるとは思うけど、心配だ。

振り返ってそこにいたはずのヒナに目を向ける。ところが、三毛猫《みけねこ》の姿はどこにもない。代わりに、道の端で襤褸《ぼろ》切《き》れみたいになっている猫の死骸が目に入る。あの赤い首輪とハーネスは間違いなくヒナのものだ。

俺はそんな馬鹿なと首を振る。

「そんな、だって――」

――ついさっきまで確かに元気に走っていたのに。

――真珠色《しんじゅいろ》の霧《きり》の中を歩いている夢を見た。

ここはどこだろうと思っていると、足もとで高く澄んだ猫の声がする。これはあの子の、ヒナの声だ。寂しい私に寄り添ってくれた、私のたったひとりの大切な家族。

ヒナが私の足に体を擦《こす》りつけた。

抱っこをしてほしいのね。寒いときにはいつもそうしていたもんね。私も温かくて気持ちいい。

そっと抱き上げるとゴロゴロと喉を鳴らす。このゴロゴロを聞くのが好きだ。

ところが、ヒナは私に甘えるだけ甘えたあとで、胸の中から飛び下りてしまう。そして、くるりと体の向きを変えた。

私はなぜかもう会えないんじゃないかと、不安になってその背に声をかける。

「ヒナ、どこへ行くの？」

するとヒナはゆっくりと振り返って、たった一声鳴いた。

「……ミャア」


——つんとした、どこかで嗅《か》いだことのあるにおいがする。これはきっとアルコールだ。そこにいくつもの薬品が混ざっている。そのにおいに感覚が一気に集中し、曖《あい》昧《まい》だった意識がはっきりとしてきた。

まず、目に入ったのが格子模様のクリーム色の白い天井だ。続いて遠くで響く「田《た》島《じま》さーん、注射打ちますね」という声に我に返る。どうやらここは病院のようだ。

認識できたところで、体がずきずきと痛む。左腕と右足とお腹《なか》がとにかくつらかった。ちょうどドアを開け部屋に入って来た看護師さんに訴える。

「い、たい……です。すいません。お医者さん、呼んでくれますか？」

「は、はい……!!」

新人らしき看護師さんは目を見開いて何度も頷《うなず》いた。


今日はもう冬の初めにもかかわらず、病室の窓から差し込む光は春みたいだ。事故に遭《あ》って、目を覚ましたあの日からもう一週間が過ぎている。

あのあと看護師さんとお医者さんが飛んできて、意識が戻ったのならもう安心だと言ってくれた。なんと私は酔っ払い運転の車に轢《ひ》かれ、出血多量の危険な状態で一ヶ月近く意識不明だったのだという。助かったのは奇跡に近い。

これは今さら驚かないけれども、両親と姉弟はお見舞いに来なかった。ただ、体がだいぶ楽になった頃になって、松井さんが一杯のガーベラを抱えてやってきたのだ。ガーベラは私が一番好きな花。憶えていてくれたんだと感動する。

彼は持ってきた花瓶にガーベラを飾ると、ベッドの端に腰掛け横たわる私の顔を覗《のぞ》き込んだ。

「大家さんが無茶苦茶心配していたよ。あ、これ、俺のかーちゃんからのお見舞いね。気が早くてさ。藤枝さんが退院したら、即結納しろとか言ってて。もうやんなるわ……全然嫌じゃないけど」

松井さんは私が眠り続けていた間に、世間で起こった出来事を教えてくれる。あの公園に新たに何本か木が植えられたこと、もう冬だと言われる季節になったこと。でも、私が一番聞きたいことは教えてくれなかった。

私はベッドから、スーツ姿の松井さんを真っ直ぐに見上げる。彼は息を呑んで私を見下ろした。これは、質問ではなく確認だ。

「――ヒナ、死んだのね」

松井さんはそう尋ねても目を逸《そ》らさなかった。握り締めた彼の拳《こぶし》に、力がさらに込められるのがわかる。

「……うん」

ヒナはやっぱり車に轢《ひ》かれて死んでいて、松井さんが遺体を回収し荼毘《だび》に付《ふ》したのだそうだ。私が目覚めるのを待ってお墓に入れるつもりでいたという。

嘘をつかない、つけない誠実な人柄を、私はやっぱり好きだと感じる。だから、松井さんにはすべてを打ち明けたい。松井さんなら信じてくれると思うから。

「私、ヒナに夢の中で大好きって言われたんです。猫がしゃべるなんておかしいと思うでしょ？　でもね、私、ヒナが言いたいことだけは、言葉じゃなくてもわかったんです。ご飯が欲しいとか、お腹《なか》が痛いとか、撫《な》でてとか……だから、わかったんです。私にしか、わからない」

伝えたいことがたくさんありすぎて、うまく説明できない。鼻も声も詰まる。

松井さんは何も言わずにただ何度も頷《うなず》いて、そっと私の手を取った。その手の温かさはヒナの体と同じだ。

「俺もさ、君に話したい不思議な話があるんだ。藤枝さんならきっと信じてくれると思う」

何かを乗り越えたような彼の優しい眼差《まなざ》しに、私の涙が止まった。

「聞いてくれるかな――」

◇◆◇◆◇

――世界で一番あなたが好き。大好き。次に生まれる時にも、またあなたの家族になれますように。

君と食べた
オムライス

The Omelette rice
I ate with you

——僕は、お客様のご来店を待ちながら、カウンターの奥で皿を磨いていた。

今日もこのレストランは忙しくなるだろう。どの世界、どの時代、どの国であっても、人が死なない日はない。

王様にも、平民にも、金持ちにも、貧乏人にも、死だけは等しく訪れる。

明日も命があるのだとは、誰も保証されていない。それなのに、人はあえてその事実から目を背《そむ》けて生きる。自分だけは死なないのだと思い込もうとしている。

そうでもしなければ恐ろしくて生きていけないのかもしれない。

どれだけ苦しくともつらくとも、人は死ぬまで生にしがみついているのだ。

さて、そろそろ開店である。僕は仕事の手を止め眼鏡を直した。

扉がカランカランとベルの音を立てて開かれる。その向こうにおおよそ四十歳ほどの、背広姿の男性のお客様が立っていた。

「いらっしゃいませ。お待ちしておりました」

戸惑《とまど》ったその表情にいつかの自分を思い出す。このレストランの支配人になったあの日、僕もこんな表情をしていたのだろう――

◇◆◇◆◇

僕が千代子と初めて出会ったのは、まだ世が大正と呼ばれていた頃。僕は旧制中学の学生だった。

千代子とは十歳近く年が違うから、彼女はまだ五、六歳だったと思う。僕は農村の小作人の次男、千代子は地主の菊池《きくち》様の末の孫娘だった。

僕の両親は、毎朝、菊池様の村で一番大きな家に出向き、地面に手をついて「本日もよろしくお願いします」と頭を下げ、田畑を耕させていただく立場。僕や兄弟姉妹も当然泥に塗《まみ》れて両親を手伝った。

子女を尋常《じんじょう》小学校に通わせろという、国からのお触れがあったそうだが、貧乏人の子沢山で食うのもやっとな一家に、そんな余裕があろうはずもない。兄も、姉も、弟も、妹も、世間体のために入学はしていたものの、学校にはろくに通っていなかった。兄と姉ふたりは尋常《じんじょう》小学校を卒業するなり奉公に出され、今は時々高等小学校に通っている。僕も、近いうちにそうなるはずだったのだ。

ところが、次男だった僕は数ある兄弟姉妹の中で、なんの間違いなのか頭の回りがよかった。

一方、菊池様の跡取りの孫息子・清《きよし》は僕よりふたつ年上だったが、こちらは残念なことに学問に興味がなく、菊池様が教育に躍起になっているものの、本人はもっぱら寝る、食う、遊ぶことに熱心だ。

清はなぜか僕を気に入っていたようで、小学校から帰ったあと家を抜け出し、農作業が一段落して家族と休憩する僕に、いつも「よう、政《まさ》ちゃん」と笑って近寄ってくる。

子どもが少しでも遊ぼうものなら、「働け」と叱《しか》り付《つ》ける両親も、さすがにご主人様の子息の誘いは断れないのか「お前、行ってこい」と手を振って僕らを送り出す。

清は納屋の藁《わら》の上に寝転び、「勉強がつまらない」と毎日嘆《なげ》いていた。どうせわからないのだから、どれだけやっても変わらないと。

「だってなあ、政ちゃん、見てみい」

清は算術の教科書を僕に見せる。

「こんなん、わかんねえ。先生が何言ってるのかもわかんねえ」

「ふうん……」

僕はぱらぱらと教科書を捲《めく》った。平仮名以外の文字が読めずに尋ねる。

「清様、これなんて読むんです？」

「ん？　それはわりざん。こっちはぶんすう」

簡単な理屈を説明してもらうと、割り算も分数もすぐに納得がいった。

「ああ、なら、簡単ですよ。ほら」

棒切れを使って地面に問題を解いていくと、清は「すげえなあ」と目を丸くした。

「政ちゃん、頭いいんだなあ。先生になれるよ」

「いや……無理ですよ」

今日明日食うことが精一杯なのに、将来なんて考えられるはずもない。それ以前に、将来という言葉自体を知らなかった。姉みたいに、十二か十四になれば、口減《くちべ》らしのため、どこかへ奉公に行かされるだろう。

清と自分はまったく違うのだと、幼いながらも理解していた。そんな現実に失望したこともない。

僕は父の着古した着物を仕立て直した服を着ていた一方、清は洗い立ての洒落《しゃれ》たシャツにパリッとした黒いズボンだ。初めから身分が違う。

僕は清のほんの気まぐれで遊び相手に選ばれているにすぎない。

ところが、その気まぐれが人生を変えることになるとは、このときには想像もしていなかった。

菊池様から父親と屋敷へ来いと言われたのは、それから数年が経ったある日のことだ。

父は屋敷へ向かう途中でひたすら僕を責めた。

「お前、清様になんかしたのか?」

「俺、なんもしてねえよう……」

「なら、なんでこんなことになる」

菊池様に睨《にら》まれれば僕たち一家は生きていけない。父と僕は戦々恐々としながら屋敷の門を潜《くぐ》った。屋敷の中に入るのは当然、生まれて初めてだ。

案内された部屋は今まで見たこともないような、だだっ広い、塵《ちり》ひとつない部屋だった。どうやら何十畳もの部屋を襖《ふすま》で仕切って客間にしているらしい。奥の一段高くなった空間には鯉《こい》の掛け軸が、手前には絵付けのされた火鉢が置かれていた。

新しい畳に触れる足が汚いのが、恥ずかしい。てっきり土下座する羽目になると思っていたのだろう父も、決まりが悪そうに辺りを見回していた。

「待たせたな」

菊池様は僕たちの前の座布団《ざぶとん》に腰を落ち着けた。すると、外で待っていたみたいで、間を置かず湯呑に入れられた茶が運ばれてくる。父はすぐさまその場にひれ伏したが、菊池様は「ああ、いい、いい」とお茶をすすめてきた。

「まあ、飲め。酒の代わりと言ってはなんだが」

熱いお茶を躊躇《ためら》いもせず一気に呷《あお》ると、菊池様は僕の顔をじろじろと見つめる。

「ふん。確かに賢い顔つきだ。大体顔でわかろうというもんじゃ」

「あ、あのお、菊池様……」

父が恐る恐る顔を上げた。

「うちの息子——政秋《まさあき》が、何をしたんでしょうか。お詫《わ》びはいくらでもするので、どうぞこの村から追い出すのだけは——」

「ああ、そうじゃない。お前のところの息子をな、儂《わし》に任せてくれんかと思ってな」

「……は？」

父は鳩《はと》が豆鉄砲を食らったような顔になる。

「政秋はどうも出来がいい。ほとんど学校も行っとらんのに、勉強がすらすらできると聞いた。清とは偉い違いじゃ」

「は、はあ……」

父はぴんと来ていないといった感じだ。勉強ができて何になると考えていたのだろう。確かに作文や算術が多少できたところで、田畑の実りがよくなるわけではない。

「いずれ、清がこの家を継いだら、あれを助けてやってくれんかと思ってな。そのためにもぜひ学校へ行かせたい。もちろん金は出す」

「は、はあ……!?」

父はひっくり返りそうな勢いで驚き、菊池様を穴の開くほど見つめた。

「中学までは必ず出す。悪い話ではないと思うが」

父は降って湧いた話にぽかんとする僕に目を向け、再び菊池様に戻すと、その場に土下座した。

「なんともったいないお話で……。どうぞ、菊池様のお好きなようになさってください!!」

こうして僕は思いがけない幸運で、進学することになったのだ。

僕は菊池様の屋敷に住み込みで雑用を手伝いながら、清について尋常《じんじょう》小学校へ毎日通うようになった。

勉強はそれほど難しくない。大体教科書を一、二度読めば理解できる。中学にも順調に入学した。ここでは必死に勉強したおかげか、一、二年を通して優秀な成績を収める。

そして四年になり、その後の進路を相談するために、再び菊池様と話し合いの場を設《もう》けたときのことだ。

「政秋は出来がいいのう。もうちょっと頑張ってみんか。お前なら大学にも行けるかもしれん」

「しかし、それでは清様と旦那様が……」

「せがれと清は気にするな。清はな、あれはもうどうしようもないだろう。お前はこの村一番賢い」

菊池様が湯呑をがっと掴んで、一気に呷《あお》ったそのときのことだ。襖《ふすま》が音もなく開けられたかと思うと、女の子が顔を出した。

「なんだ、千代子、どうした？」

着物姿で、目の大きな、実に愛らしい子だ。もうとうに歩ける年だろうになぜか廊下を這《は》い、じっと僕を見つめている。初めて見るその姿に何者なのかと驚いた。

すると、奥から女中がすっ飛んできて、「申し訳ございません！」と頭を下げ、むずがる子どもを連れていく。

「あのう、今の子は……」

そう尋ねると、菊池様が眉根を寄せる。

「あれはな、せがれの妾《めかけ》の子だ。昨日、こっちに着いてなあ……」

子どもの名は千代子といって、清の父親が町で囲っていた女に産ませた子なのだそうだ。その町の女というのが少々難しい立場で、もとはこちらの村に暮らしており、清の父親と恋仲だったのだが、両親が立て続けに亡くなってしまい、仕方がなく町に奉公に行っていた、とか。

ところが、どういう経緯があったのかは知らないが、清の父親と再会することになり、やけぼっくいに火が付いたか、わりない仲となって子まで生《な》した。ところが、女はそれから間もなく病《やまい》を得て、その娘を残して亡くなったのだという。

清の父親は好きな女の子だからと、菊池様が里子に出そうと言うのも聞かず、無理に引き取ってきたものらしい。

「不憫《ふびん》な子でのう。母を亡くしただけではなく、生まれつき足が悪い。あれでは嫁の貰い手もあるかどうか。この年で、また心配事が増えるとは……」

這《は》っていたのはうまく歩けないからなのだそうだ。菊池様は溜息をついた。

そのときには気の毒な子だとは思ったが、特に気にかかることもなかった。地主や金持ちにはよくある話だったからだ。

旧制中学を優秀な成績で卒業したのち、僕は菊池様の厚意で新設の高等農林専門学校へ進学した。高等学校への進学も勧められたが、これ以上菊池様の厚意に甘えるわけにはいかない。

ところが、二年目に僕の学業は中断されることになる。理由は、菊池様が老衰で亡くなり、清の父親が跡を継いだためだった。

清の父親はもともと菊池様と反りが合わず、菊池様に可愛がられていた僕も気に入らなかったようだ。菊池様の葬儀の手伝いに行った僕に、学費を打ち切り、今後一切援助しないと通告してくる。

これについてはある程度は覚悟していた。もともと菊池様のご厚意でしかなかったのだ。

葬儀が終わり下宿先に戻ろうとする僕を捕まえ、清は、父親の代わりにと何度も謝ってくれた。

「政ちゃん、ごめんなあ。俺、何度も政ちゃんはいずれ俺を手伝ってくれるから、学費だけはって頼んだんだけど……」

けれど清も、菊池家の権力者となった父親には逆らえない。僕は、さらに申し訳ない気持ちになって清に深々と頭を下げる。

「清様、どうか小作人の次男坊なんかに謝らないでください」

すっかりしょげた清を慰《なぐさ》めつつ、僕が家に戻るのは難しいだろうと考えた。清の父親に睨《にら》まれているし、ようやく一息ついて暮らしている両親や弟妹は戸惑《とまど》う。ひとりで生きていくしかない。

なあに、奉公に出るのが多少遅れただけだと自分を励ます。すると、清の背後にある門の陰から、くすんだ赤紫の着物を着て、黒髪を長い三つ編みにした子どもが、恐る恐るこちらを覗《のぞ》いているのが見えた。一瞬、日本人形に命が吹き込まれ、ひとりで歩いてきたのではないかと驚く。

すぐに人間の少女だとわかり、やがて妾《めかけ》の子の千代子だと気付いた。だいぶ大きく娘らしくなっている。だが、杖《つえ》をついているところからして、足は完全にはよくならなかったようだ。

僕の視線を追った清が「あっ」と声を上げる。

「千代子、中入っとれ。お袋がまたうるさい」

彼女はびくりと小さな体を震わせると、ゆっくりと屋敷の中へ姿を消した。

「千代子様、歩けるようになったんですね」

菊池様が寝込んでいた頃、僕は帰郷のたびに見舞いに行っていたのだが、清やその他の弟妹を目にすることはあっても、なぜか千代子は見かけなかった。足が悪いせいだと思っていたのだが、動けるならなぜ出てこなかったのか疑問を持つ。

その頃の僕は、まだ勉強だけしかできない馬鹿で、少しでも人間関係の機微に敏《さと》ければ理解できたであろう千代子の立場やつらさをよくわかっていなかったのだ。だが、その楚々《そそ》とした愛らしさだけは目に焼き付いた。

専門学校で目を掛けてくれていた恩師は、僕が退学するのを残念がったものの、どうにもならないのだと悟ると、東京での勤め先を紹介してくれた。

恩師の親族が経営する製紙会社の管理職で、大学出すら就職がままならない不況の最中《さなか》、幸運にも解雇されることもなく、不自由なく食っていける。時代は、いつの間にか昭和になっていた。

僕はあっという間に東京に馴染《なじ》み、その華やかな色に染まっていく。ちょうど目が悪くなってきたので、インテリを気取って眼鏡をかけ、カフェーの世慣れた年上の女給に恋をして、少々痛い目に遭《あ》ったこともある。酒の味も煙草《たばこ》の味も覚えた。

貧乏小作人の次男にすぎなかった自分が、一丁前に流行の背広に帽子を被《かぶ》って、休日には少々気取って銀座を歩くのが我ながらおかしかった。

そうして、故郷がどういう場所であったのかも、忘れかけてきた頃《ころ》のことだ。

清から何年ぶりかに連絡があった。一度戻ってきてほしいと請われたのだ。なんでも、父親が倒れて寝たきりとなったのだが、それについて頼みたいことがあるらしい。

清は菊池様に次ぐ恩人だ。僕は事情を会社に説明して休暇をもらうと、簡単な荷物だけを持って、ひとり鉄道に飛び乗る。

このときには、まさかふたりになって東京に帰るとは思いもしなかった。

久々に故郷の村を見て驚いたのは、当たり前だが田畑と家々しかないことだ。おまけに住民の女の顔は浅黒く日に焼けていて、口紅を塗ったモダン・ガールなどどこにもいない。周囲の村々で羨望の的だった菊池家の屋敷も、今ではそれほど大きいと感じなかった。自分のかつていた世界はこれほど小さかったのかと目を瞬《またた》かせる。

だけど、僕を出迎えた清の笑顔は、いい意味で昔のままに見えた。

「ようよう、政ちゃん、男前になったのう。背広がよう似合う」

人のいい素朴な表情にほっとしながら、僕はすすめられた座布団《ざぶとん》に座る。清はいつか菊池様が座った位置に座した。その様子に、村にも確かに時の流れがあるのだと感じる。

「長らく顔を見せもせず、まことに申し訳ございません」

畳に手をつき深々と頭を下げると、「いい、いいから」と清は僕の肩を叩《たた》いた。

「ほんと立派になってのう。今じゃ、政ちゃんが村一番の出世頭だって評判だ」

「もったいないことで……」

清と僕はそれからしばらく村と東京の情報交換をし、へえ、ほおと互いに感心し合っていたが、やがてふと話が途切れ沈黙が降りた。沈黙を破ったのは清の硬さを帯《お》びた声だ。

「なあ、政ちゃん、頼みがある。妹を、千代子を嫁にもらってくれんか」

何を言われたのかわからず、呆然とする僕を尻目に、清は「おおい、千代子!」と声を上げた。こん、こんと何かをつくような音が廊下から聞こえてくる。

数分後、襖《ふすま》が音もなく開けられ十六、七歳ほどの娘が姿を現した。若々しい鶯色《うぐいすいろ》の着物を身に纏《まと》い、緩やかに髪を結い上げた娘だ。口紅を塗ってはいないらしいのに瑞々《みずみず》しい唇と、潤《うる》んだ瞳をしている。――どこまでも澄んだ美しい茶色の瞳に吸い込まれそうになった。

「まさか……千代子様、ですか？」

娘は答える前に深々とその場で頭を下げた。

「政秋様、お久しぶりでございます」

清が「入れ、入れ」と千代子を中に入れる。自分の隣に座らせると、その背をぽんぽんと叩《たた》いた。

「見違えただろう。俺の目からしても、なかなかの器量だと思っている。だがな、この通り足が悪い。歩けんことはないが走れんし、正座をするのにも無理がある」

千代子は清の隣で顔を伏せて黙り込んでいる。

「うちはな、親父が寝込んでて、俺では頼りないとお袋が家を取り仕切っている。そのお袋が、親父が何も言えないのをいいことに、千代子をよそへやる話を勝手にまとめてしまってな」

老いては子に従えと言うのに、清の母親は菊池家の親戚筋から嫁《とつ》いでおり、そのうえ気性がひどく荒いので、清も頭が上がらないのだそうだ。それでも、異母妹への仕打ちは目に余ったという。

「足が悪いのに女中みたいにこき使って……ついに遠縁のおる長野《ながの》にやると言ってきた。ふしだらな女の娘だ。親父の種かどうかもどうせわからん、てな」

そんな苦労するのが目に見えているところへ、千代子はやれない。それどころか、母の普段の千代子に対する態度を見れば、女郎にさせられてもおかしくはない。清は腕を組んで眉根を寄せ、そう主張した。

その母親は現在実家の葬儀に出席するため、一週間ほど不在なのだという。鬼のいぬ間に僕と結婚させてしまおうと考えたそうだ。僕の暮らす東京なら、ありとあらゆる種類の人間がいる。多少足の悪い娘ひとり誰も気にかけなかろう、と。

「お待ちください。待ってください」

僕は混乱する頭をなんとか宥《なだ》めようと努めた。受験のときにだって、こんなに慌てなかった。

「千代子様は、まだ十六、七歳では？　お若すぎるでしょう」

「ちょっと若いくらいだ。問題ない」

「僕は小作人の次男で、千代子様に相応《ふさわ》しい家柄でも、血筋でもありません‼」

すると、清が真っ直ぐに僕を見つめた。

「政ちゃんはいい男だ。俺が知る中で一番いい男だ。それは俺がようわかっとる」

僕は断る理由が見当たらずにおろおろし、ようやく説得できそうな言い訳を見つけて口にする。

「ですが、千代子様だって、こんな名も金もない男はお嫌でしょう」

「……金ならある。結納金だ」

清は床《とこ》の間に置いてあった分厚い封筒を、真剣な眼差《まなざ》しで僕の前に差し出した。おそらく札束が詰め込まれている。

「政ちゃんに渡せなかった学費分も足してある」

清の決意の固さに息を吞んでいると、それまで何も言わなかった千代子が、小さな、今にも消え入りそうな声で言った。

「私は、兄さんが政秋様にとおっしゃるのなら、喜んで政秋様のもとに参ります」

今度こそ頭が真っ白になり、何も考えられなくなった僕の脳裏に、なぜか、千代子と出会った日の菊池様の言葉が思い浮かぶ。

『不憫《ふびん》な子でのう。母を亡くしただけではなく、生まれつき足が悪い。あれでは嫁の貰い手もあるかどうか。この年で、また心配事が増えるとは……』

そのとき、自分は一体何を考えていたのだろう。いまだに自分でもわからない。

「……かしこまりました」

わからないのに、気が付くと畳に手をついていた。

「千代子様を妻にいただきます」

翌日、ちょうど日柄もよかったので、屋敷の人々を掻き集めて祝言《しゅうげん》を挙げた。あらかじめ用意してあったのか、衣装も料理も揃っており、僕が目を白黒させる間に宴《うたげ》が終わる。明後日《みょうごにち》には僕は千代子を連れて村を発《た》ったのだ。

清は、最寄りの駅まで僕たちについてきた。僕たちが列車に乗り込む間際に僕の手を握り締めて、「千代子を頼む」と何度も繰り返す。

「祖父《じい》ちゃんもずっと千代子を気にかけてた」

「……わかりました」

僕は、今さらながらこの状況に戸惑《とまど》っていた。同時に、託《たく》された責任の重さに押し潰されそうになる。

勢いで話が決まってしまったものの、今後の生活を考えると頭が痛い。僕は確かに運よくそれなりの給料を貰っているが、実家に送金しているので贅沢《ぜいたく》な生活など望むべくもない。いくら莫大な結納金を渡されたところで、物価の高い東京ではすぐ使い果たす。

それだけではなく、足の悪い女に掃除、炊事、洗濯ができるのだろうか。あんな華奢《きゃしゃ》な、折れそうな体で、子を無事に産めるのかも気になる。

通り過ぎていく外の景色を眺めつつ、僕と千代子は席に隣り合って腰掛けていたが、夫婦となったのにもかかわらず何も話さなかった。他の乗客の笑い声や話し声ばかりが聞こえてくる。

どうしたものかと目を泳がせていると、千代子が顔を伏せたままぽつりと呟《つぶや》く。やっぱり消え入りそうな声だ。

「私は足が悪いですが、家のことは一通りできます。そう躾《しつけ》られました」

僕の心を読んだかのような言葉に、思わず彼女の横顔をまじまじと見つめた。すると、気まずくなったのか白い頬が赤く染まる。

「……ですから、政秋様にご迷惑はおかけしません」

「千代子様……」

千代子は自分の立場を十分に理解していた。そのとき、僕はなぜ彼女の声が小さいのかを悟る。

本妻がいる家で妾《めかけ》の子という立場、おまけに足が不自由ともなれば、大声など出せなかったのだ。身を隠して暮らしていたに違いない。

何か言わなければと口を開いたが、女給相手に鍛えたはずのお世辞も、千代子を前にするとまったくうまく出てこなかった。代わりに間抜けな台詞《せりふ》が出てくるばかりだ。

「千代子様、そのようなことは気になさらないでください。僕もこれまでひとりでやってきましたので、家の仕事はお手の物です。焼き物も煮物もうまいものですよ。それに、東京での暮らしは村より幾分便利かと思います。ご心配なく、どうぞ何もご心配なく……」

ぎくしゃくとした列車内でのこのやりとりが、僕と千代子の夫婦としての初めての会話だった。

僕は勤め先から少し離れた下町に古い貸家を借り、千代子との結婚生活を始めた。

余った中途半端な敷地に建てた、ふたりで暮らすのがやっとの小さな家で、木の壁などはすっかり茶色く、廊下は真ん中がすり減っている。庭など猫の額《ひたい》ほどもあるかどうかという有様だった。

屋敷育ちの千代子が馴染《なじ》むか不安だったが、千代子は「母さんと住んでいた家に似ている」と喜んだ。菊池家に引き取られるまでは、母親と似たような貸家に住んでいたという。

彼女は本人が言っていた通りに、足が悪いなりに家事が得意だった。電気にもガスにも水道にもすぐ慣れ、僕が仕事から帰る頃には、ちゃぶ台の上に温かい夕餉《ゆうげ》を並べている。

しかも、その料理がちょっとないほど美味《うま》い。僕の好物の茄子《なす》と油揚げの煮びたしなど絶品で、そんじょそこらの大衆食堂より味がよかった。

千代子は毎日帰宅した僕を、狭い玄関で三つ指をついて出迎える。

「旦那様、お帰りなさいませ」

村ではどの家にもある光景だったが、僕はそんな彼女の態度を見るたびに、決まりが悪くて仕方がなかった。僕にとって千代子はまだ菊池様の孫娘、清の妹であり、自分の妻という気がしないのだ。

彼女は彼女で僕が気に入らないのか、あるいはそれを押し殺しているのか、大人しいを通り越して、笑いも泣きもせず、僕に何が欲しいとも何をしてほしいとも言わない。夫婦でありながらも心は別居している状態だ。

そうして暮らして三ヶ月ほどした頃に、事件は起きた。

土曜の午後に仕事を終えて会社から戻ると、いつものような千代子の出迎えがない。

「千代子様？」

私はこの頃まだ彼女を「千代子様」と呼んでいた。

「何かあったのですか？　千代子様⁉」

まさか、強盗が入ったのか、千代子は無事なのかと家の中に駆け込む。すると、台所から何やら焦げ臭《くさ》いにおいが漂《ただよ》ってきた。

「千代子様……⁉」

千代子はその場にしゃがみ込んで、声も出さずに泣き続けている。一体何があったのかと歩み寄ると、足もとに千代子の室内用の杖《つえ》と、炊飯用のガスかまどが転がっていた。木の蓋《ふた》が外れて炊き掛けの米がこぼれている。パイプが引きちぎれているところからして、ガスかまどは壊れてしまったようだ。

だが、それよりもいつにない千代子の涙に、僕はらしくもなく慌てた。片膝をついて青ざめた顔を覗《のぞ》き込む。

「千代子様、どうしました⁉」

「旦那様、申し訳ありません。申し訳、ありません」

彼女は涙声で何があったのかを説明する。

「私、支度をしているときに転んで……」

手にガスかまどを引っ掛け落としたのだという。

「手に引っ掛けた……⁉」

僕は千代子の手を取り、裏返した。案の定、水膨れで赤く腫《は》れている。僕は彼女をどうにか立たせると、台所に溜めてあった手洗の水に勢いよくその手を浸《つ》けた。

「痛いでしょう。大したことはないといいのですが……」

その間も千代子は涙を流し続けて、「申し訳ございません」を繰り返す。一体何がそこまで「申し訳ございません」なのかがわからない。

「千代子様、まだ痛いですか？」

水から出した手を手拭《てぬぐ》いで拭いてやると、彼女は蚊の鳴くような声で、また「申し訳ございません」と答えた。

「旦那様、お願いです。そんなことよりお願いです。どうか追い出さないでください。もう二度と粗相《そそう》はしません。ですから……」

その言葉に胸を衝《つ》かれる。

「お願いです……」

千代子はあらゆることをひとつも間違えないよう、ずっと気を張り詰めていたのだ。そもそも、二十歳にもならない田舎《いなか》育ちの娘が、何事も完璧にこなせること自体がおかしい。

すでに彼女に母はなく、菊池家へも帰れない。足が悪いともなれば良縁も望めず、僕の妻としてしか生きていけない。だから、必死になって努力していたのだ。

「大丈夫です。大丈夫ですよ、千代子様。こんなものいつでも買えます」

ガスかまどは安いものではない。だが、替えがないものではなかった。

僕は昔、弟妹の子守をしていたときのように、千代子を優しく抱き締め背中をぽんぽんと叩《たた》く。その背の小ささと細さに哀れを覚えた。

彼女の泣き声が次第に落ち着いていく。僕は時を見計らってその顔を再び覗《のぞ》き込んだ。どうにか元気になってほしかった。

「そうだ、千代子様。どうせ今日は飯が家では食べられないんです。料理店へ行きましょう」

「料理店……?」

僕は「そうです」と微笑《ほほえ》んで頷《うなず》く。生まれて初めて聞く言葉だったのか、千代子は目をぱちくりとさせていた。僕はやっと泣きやんでくれたと胸を撫《な》で下《お》ろす。

「食堂です。きっと千代子様の気に入る洋食がありますよ」

僕は、まだ貧乏人の田舎者《いなか》で背伸びをしていた頃、女給と一度だけ行ったことのある、いささか高い料理店を思い浮かべていた。


その日の夕方。早速、千代子を連れていったのは、銀座近くの少々値の張る洋食の店だった。

欧州の見たこともない国を思わせる建築様式、アーチ形にくり抜かれた洒落《しゃれ》た仕切りに、白い布のかけられたテーブル。モダン・ガールに芸者、背広を着込んだ男でこんだ店内に、千代子は目をまん丸にする。

その姿をちらりと横目に見て、少々残念に思った。彼女は着物しか持っていない。せっかく愛らしい顔立ちなので、洋服も似合うと思うのだが、スカートを買いましょうかと言っても、本人が着物のほうがいいと拒《こば》むのだ。洋装の彼女は、さぞかしこの料理店に映えただろうに。

それはともかく、私たちはいい具合に奥の席へ案内される。給仕にメニューを手渡された。

「さあ、千代子様、何になさいますか。なんでも美味《おい》しいですよ」

千代子は広げられたメニューに戸惑《とまど》い顔だ。僕と四角いテーブルで向かい合わせになって、腰掛けるのも落ち着かないようだった。

「あの、私、洋食はわからないんです。嫁《とつ》ぐ前は外にほとんど出なかったですし、雑誌で読んだことしかなくて……」

あの村は保守的である上に、時代の流れも都会に比べずっと遅い。東京とは文明国と発展途上国ほどの差があり、洋食料理店などあるはずもなかった。

自分の気の利かなさに嫌気が差す。かつてこの店に連れてきた女給なら遠慮なく口説けたのに、千代子の前ではどうも格好がつかない。

「ああ、そうですね。申し訳ありません。では、僕が選んでもいいですか」

千代子が赤い顔で頷《うなず》くのを確認し、メニューを捲《めく》っていく。

ナイフとフォークを使うような料理はよくない。怪我をしているというのもあるが、千代子が慣れていないかもしれないからだ。なら、スプーンだけで食べられるシチュー、カレー、オムライスがいいだろう。

「千代子様、オムライスなどはいかがですか。野菜や肉を混ぜた飯を卵で包んだものです」

「旦那様がそうおっしゃるのでしたら……」

「では、僕も同じものにしましょう」

やってきた給仕にオムライスをふたつと、トマトスープふたつを注文する。千代子は俯《うつむ》いて黙り込んだままだった。

「千代子様、僕を見てくださいませんか」

僕が頼んでようやく、おずおずと顔を上げる。

「そんなに怖がらなくても平気です。あなたを追い出すなんてありません。あんな美《う》味《ま》い飯を作れる人をなぜ追い出せますか」

潤《うる》んだ目が見開かれる。

「私の料理、美味《おい》しかったですか？」

「ええ、もちろんです。どんな料理人も敵《かな》いやしません」

僕がそう答えると、千代子はまた目を伏せてしまった。何かまずいことを言ったかと僕が慌てているうちに、あるかなきかの声で「……嬉しい」と呟《つぶや》く。

「ありがとう、ございます。美味《おい》しいって言ってもらったの、初めてです。家じゃいつも奥様に捨てられていたので……」

奥様とは本妻である清の母親を指すのだろう。その後、ぽつり、ぽつりと千代子が語ってくれたところによると、菊池本家の血を引いているのにもかかわらず、清が言っていたように、彼女は女中扱いされていたらしかった。

息苦しかったに違いない菊池家での彼女の暮らしを、気の毒だと思うのと同時に、本妻に腹が立つ。

また、どうも千代子との間に壁がある気がして、料理を「美味《うま》い」とすら褒められなかった、自分の意気地のなさも情けなくなった。素直に、遠慮なく、そう言ってやればよかったのだ。

千代子が東京でもずっと大人しかったのは、居心地のいい場所を作ってやれなかった僕の責任である。

「味噌汁も、煮魚も、千代子様の料理はなんでも美味《うま》いですよ。千代子様がいらしてから、僕は家に帰るのがひどく楽しみなんです。だから、なーんにも怖がることなんてありゃしません」

「……はい」

千代子がやっとそう頷《うなず》いた頃に、給仕が銀の盆を手にやって来た。僕と千代子の前にオムライスとスープの皿、スプーンが置かれる。

オムライスなど初めて目にするのか、千代子は目の前の太陽の一滴みたいな、黄色い卵料理をまじまじと眺めた。

「これはどうやって食べるのでしょう?」

スプーンを手に取り、僕は張り切って説明する。

「僕は、卵をこうやって崩して……飯と混ぜて食べるのが好きですね。ただ、その食べ方はみっともないと言われたことがあります」

「どなたにですか?」

口説いていた女給に――とうっかり答えかけ、慌ててオムライスを口に入れる。

「まあ、まあ、同僚ですよ。本来はきれいに掬《すく》って食べるのがいいんだそうです」

千代子は恐る恐るスプーンを手に取ると、オムライスの端を切って掬《すく》った。なぜか清水《きよみず》の舞台から飛び降りるような顔で口に入れる。直後、潤《うる》んでいた目がみるみる見開かれた。すぐに二口、三口食べごくんと呑み込む。

「美味《おい》しい。こんなの、初めて食べた」

嘘のない笑みがぱっと広がり、周囲の空気すらその色に染めた。

初めて見る千代子の満面の笑みに、僕はしばし目を奪われる。

ああ、そうか、君はそんなふうに桜のつぼみが綻《ほころ》ぶように笑うのか。

千代子は笑ったままオムライスを夢中で食べ続ける。僕もオムライスを食べながら、その様子を目を細めて見守った。

千代子は僕より先に食べ終え、そこで我に返ったらしい。

「私ったら……‼」

夫より先に食べ終えるなど、妻失格だとでも思ったのだろう。

「申し訳ございません。私ったら……‼　なんてことを……‼」

「ああ、いい、いいんですよ」

僕はおかしくなって千代子の口の端を指した。

「それより、飯がそこについていますよ」

桜色に染まっていた頬が、今度は林檎《りんご》みたいに赤くなる。そうか、本来こうして表情の豊かな娘なのだと嬉しくなった。

「そういうときには膝のナプキンを使うんです。ほら、こうやって」

「はい。……こうでいいでしょうか？」

千代子はぎこちない仕草で口を拭《ぬぐ》う。打って変わったおっかなびっくりの表情に、今度は僕が笑ってしまったのだ。

食事を終え料理店を出る頃には、辺りは大分暗くなっていた。とは言っても、銀座《ぎんざ》は眠らない街であり、人通りが途絶える様子はない。大通りの両脇に並ぶデパートや靴屋や洋品店のネオンが美しく輝いている。規則正しく並んだ白熱灯も華を添えていた。

「東京には、電気がたくさん通っているんですね」

千代子はゆっくりと歩きつつ、銀座の夜景にうっとりとなる。

「村の夜はもっと静かでずっと暗かったのに……」

きっと、村にいた千代子の気持ちも同じように沈んでいたのだろう。

そうして時間をかけて歩いて、劇場前に差しかかったところで、舞台の感想を語り合いながら歩く、老若男女《ろうにゃくなんにょ》の客の波に呑まれた。ひとりの肩が千代子の頭にぶつかる。

「あっ……」

あわや転びかけたところで、僕はその手を掴んだ。

「千代子様、大丈夫ですか」

「はい……」

彼女は僕の腕の中で体を立て直した。そして、道をどんどん歩いていく、洒落《しゃれ》たスカートにハイヒールを履いた、ふたり連れの妙齢の婦人に目を向ける。その眩《まぶ》しいものを見つめる焦《こ》がれるような眼差《まなざ》しに、ようやく気付いた。

洋服は着物に比べて動きやすく、踵《かかと》のある靴がよく似合う。だが、千代子は足が悪く杖《つえ》をついているせいで、そんな靴を履くことはできない。だから、洋服はいらないと言ったのではないか。

まだ少女と言ってもいい年頃なのだ。流行に興味がないはずがない。

僕は自分の頭を殴りつけたい思いに駆られた。

「千代子様、次の休みには一緒にまた出掛けましょうか。流行の着物を買いに行きましょう」

「えっ……」

「僕もそんなに詳しくはないのですが、モダン・ガールにも評判の店があるそうです。洋風の柄がいいんだそうですよ。いや、詳しくはないんですが……」

千代子が今度ははにかむように微笑《ほほえ》んで、「はい」と頷《うなず》く。僕はその微笑《ほほえ》みにすっかり舞い上がった。

「明るい色がいいですね。千代子様は肌が白いですから、桜色でも、藤色でも、山吹《やまぶき》色《いろ》でも、きっとなんでもお似合いでしょう。どんな色がお好きですか？」

千代子は少し考えた後、小さな声で答える。

「川蝉《かわせみ》みたいな緑が好きです。見ると元気になれるんです。小川の流れのような水色も好き」

「緑に水色ですか。それもいい」

僕は彼女の肩を抱いた。

「千代子様、お願いですから、そうしてもっと何でも話してください。僕は叱《しか》ったりなんかしませんよ」

そのまま人込みをすり抜けていく。

「あの、旦那様。手が……」

人前で男に肩を抱かれるなど初めてだったのだろう。千代子の声は焦《あせ》っていたが、僕は離す気にならなかった。危なっかしくて仕方がなかったし、その温かい体が心地よかったのだ。

そうは言っても、僕はそこまで遊び人というわけではない。もっとネオンや街灯が明るかったなら、赤くなった顔を笑われていたかもしれなかった。

「ここは東京ですよ。誰も気にしやしません」

そうして歩いて最寄りの停留所へ到着した頃のことだろうか。千代子がまた「旦那様」と遠慮がちに声を掛けてきた。僕は立ち止まって隣の彼女を見下ろす。

「千代子様、ですから、誰も気にしやしませんよ」

「……あのう、旦那様、違うんです」

千代子は少々気まずそうな、照《て》れくさそうな顔になっていた。

「お願いがひとつあるんですが、よろしいでしょうか」

彼女が欲しいものをねだるなど初めてで、僕は喜々として鹿威《ししおど》しよろしく何度も頷《うなず》く。

「ええ、ええ。なんでもおっしゃってください」

スカートか着物の帯か、と待ち構えていたのだが、千代子のお願いはまったく予想外のものだった。

「私を、千代子と呼んでほしいんです。千代子様だと、政秋様の家に入った気がしないのです」

それまで「千代子様」と呼んでいたのは、まったくの無意識だ。

「ああ、そうですね。確かに奇妙かもしれませんね……」

僕は風に浚《さら》われそうになった帽子を被《かぶ》り直す。

千代子は菊池様と清、恩人ふたりの血縁だ。ふたりとも、学問を与えてくれた、僕にとっては天神様と同等の存在だった。

さて、どうしたものかと困っていると、千代子が肩を抱いた僕の手を握る。彼女のほうから触れられるとは思わなかったので、心臓がドキリと鳴った気がした。

「私は、もう菊池家の妾《めかけ》の子ではありません。旦那様の妻です」

千代子の潤《うる》んだ瞳に僕が映っている。

「いけませんか……？」

結局、折れることになったのは僕だった。

そうは言っても、今まで「千代子様」と呼んでいたのに、いきなり「千代子」と呼び捨てにするには抵抗があった。折衷案《せっちゅうあん》として僕は「千代子さん」を採用する。僕も千代子に「旦那様」はどうも性に合わないので、名を呼んでくれるように頼み、「旦那様」が「政秋様」になった。

結婚して二年もすると、さらに親しみが湧いて、それらが「千代子」と「政秋さん」になる。

余裕のある休日にあの料理店へ行くのは、すっかり僕たちの習慣になっていた。注文する料理の種類は増えたものの、千代子はオムライスを頼むことが多い。「オムライスが一番美味《おい》しいんです」と彼女は微笑《ほほえ》むのだ。

このようにふたりでの暮らしは順調だったが、ひとつだけままならないことがあった。三年経っても子ができなかったのだ。

千代子は近所のお節介な婆さんに、子はまだかと責められるらしい。「あんな立派な旦那さんの子を産めないなんて」と、子持ちの婦人に嘲笑《わら》われもしたみたいだ。周りの女どもは足の悪い千代子を見下し、説教し、自分が上なのだと見せつけようとするところがある。

ちくりちくりとそうしたことが繰り返されたので、千代子はすっかり自分が石女《うまずめ》であると病《や》んでしまい、ある日床《とこ》に就く前に、とんでもない申し出をしてきた。畳に手をつき「妾《めかけ》を入れてください」と言って、頭を擦《こす》りつけたのだ。

「千代子、何を言っているんだ？」

僕はすっかり驚き、声が裏返る。

「うちに妾《めかけ》を入れるほどの金なんてないぞ」

あったとしても入れる気もなかった。僕はそれほど甲斐性《かいしょう》のある男ではない。女ふたりを抱えられる気などしなかった。千代子の手を繋ぐので精一杯だったし、それでいいとも感じている。

確かに子は欲しいものの、できないのだからしようがない。村にもそうした家はあって、大体親族から養子を迎えていた。

「ですが、このままでは政秋さんの血が絶えてしまいます」

思い詰めた千代子の顔に、僕は浴衣《ゆかた》の袖に手を入れて溜息をつくしかなくなる。

「僕は小作人の次男坊です。名にも財にも継ぐものなんてありゃしません」

「ですが……」

「それに、子は授《さず》かりもの、宝とも言います。宝なんてそう簡単に手に入れられるものではないでしょう。どうしても子ができなかったなら、僕の弟や妹から貰ってくればいいだけの話です」

千代子にそう言い聞かせているうちに、いつの間にか昔のような敬語になっていた。

「千代子様、僕がいいと言っているのです。千代子様は僕の言うことだけ聞いていればいいんです。ご近所だの世間だの所詮は赤の他人です。それとも、千代子様は僕の言葉だけでは足りませんか?」

止められていたのについ、「千代子様」と呼ぶ。だが、彼女がそれを咎《とが》めることはなかった。

水仕事で少々荒れた小さな手が震えている。

「千代子様?」

千代子は、いつか手を火傷《やけど》したときと同じように、声もなく涙を流す。

「千代子様」

思わずその手を握り締めた。

「泣かないでください。ね、泣かないでください。そうだ、オムライスを食べに行きましょう」

「オムライス?」

「そうです、オムライスです。お好きでしょう。せっかくだから、帰りに甘いものもいかがですか?」

千代子は涙を浮かべたままくすりと笑う。

「政秋さん、私は子どもではありませんよ」

そして、僕の右手を両手で包み込む。その上に温かい涙が一滴落ちた。

「……私にはもうこれで十分です」

ところが、数年前に勃発した支那《しな》事変のせいで、時が経つごとに僕たち日本は、洋食や甘味どころではなくなっていった。戦況の激化とともに食料が手に入らなくなったのだ。それだけではなく、僕の勤める製紙会社が国策により政府に統制されるようになった。

その上、僕はとある事件に巻き込まれることになる。

郷里では僕の兄が村に残り、姉、妹は嫁《とつ》いでいたのだが、弟のひとりが僕を頼って東京に出稼ぎに来ていた。その弟が、よりによって特別高等警察――特高に睨《にら》まれる羽目になったのだ。

弟自身が反戦運動や共産主義、類似宗教に傾倒していたというわけではない。だが、どうやらそうした反政府主義者から少なくない金を貰って、手紙や資金の運び屋の真似をしていたらしいのだ。本人にお国に逆らったという意識はなかった。それどころか、反政府などという言葉すら知らなかったのだ。しかし、そんな事情が考慮されるはずもない。

事《こと》が公《おおやけ》になると僕は思想犯の身内だという理由で会社を解雇され、これからどう暮らしていくのかと途方に暮れた。この時世では、まともな仕事に就くのも難しいだろう。

そんな僕を励ましてくれたのが千代子だった。茶の間でがっくりと肩を落とす僕の手を、いつか僕が彼女にしたみたいに、優しく撫《な》でる。

「政秋さん、私、東京暮らしに飽きたんです。着物の色ではなく、本物の川蝉《かわせみ》が見たいです。そろそろふたりで村に帰りませんか?」

翌月、僕と千代子はカバンに持てるだけの荷物を詰め駅へ向かった。僕たちと似た境遇なのか、同じような表情をした人々が行き交っている。

改札を抜ける間際に振り返り、東京の最後の景色を眺めた。ここは、かつての僕にとって憧れであり、新たな人生をくれた土地でもある。すなわち第二の故郷だった。

村を出てきたときより寂しい思いに囚《とら》われる。

すると、そんな僕の手をぎゅっと握ってくれた人がいた。——千代子だ。

「政秋さん、行きましょう」

迷いのない声が僕を我に返らせる。

彼女は桜の花が綻《ほころ》ぶみたいににっこりと笑うと、杖《つえ》をつきながらも一歩前に踏み出す。初めて見たあの笑顔と同じだった。

その手の温かさ、力強さに、目を瞬《またた》かせる。

君の声はいつからこんなに大きく、明るく、はっきりしてきたのだろう。

君の手はいつから僕の手を引いてくれるようになったのだろう。

君はいつからこんなに凛《りん》と美しくなったのだろう。

「……ああ、行こう」

僕は千代子の手を握り締め改札を抜ける。

いまだに少女のような横顔を眺めつつ、そのときひとつの決断を下したのだった。


夫婦揃って出戻った僕たちを、郷里の人々は冷たいとは言わないまでも、遠巻きに観察している様子だった。

弟が特高に逮捕され、執行猶予とはいえれっきとした犯罪者となったことは、遠い田舎《いなか》にはまだ広まってはいない。しかし、故郷に錦《にしき》を飾ってもいいはずの僕が、解雇となって妻ともども帰郷したのだ。まずい事情があることは誰でも察する。

もっとも、この頃には清の父親も母親も亡くなっており、僕たちは清に「よう戻った」と出迎えられた。

僕は清にだけは隠し事をする気はない。翌日の午後、僕は男ふたりの話し合いの場を求め、何年ぶりかに向かい合って座布団《ざぶとん》に腰を下ろす。清は、体格ががっしりとして、一回り大きくなったように思えた。しばらく見ぬ間に父親でも母親でもなく、もうこの世にいない菊池様に似てきている。

僕は真っ先に弟が前科者となったことを説明し、「申し訳ございません」と畳に頭を擦《こす》り付けた。

「千代子様を託《たく》されたのに、この有様です。千代子様を犯罪者の一族にするわけには参りません。どうぞ清様、千代子様との離婚を承知いただけますか。今一度、千代子様をこの家に置いていただきたいのです」

「いや、いやいや。でもなあ……」

顔を上げると清は眉根を寄せて腕を組んでいる。

「千代子と別れるとして、政ちゃんはどこへ行くんだい」

僕は体を起こし、握り締めすぎて筋の浮いた拳《こぶし》を見つめた。

「男ひとりくらい、どうとでもなります」

ところが、清は僕の答えを「いいや」と一蹴《いっしゅう》したのだ。口答えを許さない力強さでこう言い切る。

「政ちゃん、それは違う。どうとでもならない。今は食っていくのが、どうにもならん」

「清様……」

「東京じゃどうか知らんが、近くの町じゃ配給もろくになくなっとる。うちも米も麦も供出しとって、どうにかこうにか生き延びとる状況じゃ。祖父《じい》ちゃん、父ちゃんの頃とは違う」

「早《はよ》う勝ってほしい」と清はぽつりと呟《つぶや》く。

「なんでもいいから早《はよ》う勝ってほしい」

それは僕も同感だった。日本が勝ちさえすれば、すべてがうまく行くはずなのだ。だが、近頃の僕は本当に日本が勝つのかと、抱いてはならぬ疑いを抱いていた。ラジオや新聞で知る大本営発表の通りなら、なぜ日々がこんなに苦しいのか。千代子と料理店に通った頃に戻りたい。銀座の大通りを手を繋いで歩いた、あの頃に。

清と僕に重い沈黙が伸《の》し掛《か》かる。

「なあ、政ちゃん、今こそ俺を手伝《てつど》うてくれんか」

清のどこか弱々しい声に僕は顔を上げた。立派な日本男児にしか見えない清が、子どもみたいに小さくなってしゅんとしている。

「……きつくてのう。祖父《じい》ちゃんも、父ちゃんも、母ちゃんも、皆いなくなって、俺だけになってもうた。女房子どもを、弟を、妹を、村の皆を、こんな俺ひとりで守れるのか。怖いんじゃ……。俺は祖父《じい》ちゃんでも父ちゃんでもない。そんな甲斐性《かいしょう》はない。怖いんじゃ……」

清は「頼む」と、なんと俺に頭を下げた。

「政ちゃん、助けてくれ。千代子と別れるなんて言わんでくれ」

「清様、やめてください。頭を上げてください」

「政ちゃんがいいと言うまで上げん」

「ですが、体裁《ていさい》と言うものがあるでしょう。村の者に僕の弟の件が知られれば、清様もどう言われれるか」

「体裁《ていさい》とかそんなもん、もう牛に食わせたわ」

そこで、ある考えが脳裏を過《よぎ》った。ああ、そうだ。僕には無理でも清にならできると気付く。

「……清様、承知いたしました」

清の顔がぱっと輝いた。

「政ちゃん、ありがとう、ありがとう……。俺、もうどうしていいかわからんかったから……」

僕は清の言葉を最後まで聞かずに、「ただし」とその目を真っ直ぐに見つめる。清がはっと息を呑むのを感じた。

「政ちゃん……？」

「お願いがございます。一生のお願いです。あくまで万が一のときに備《そな》えてです。ですから、聞いていただけますか」

この頃、僕にはある予感があったのだ。弟が特高に目をつけられ、会社を解雇された今は、以前よりそれが現実となる可能性があるのではと思っていた。

そして、その予感は二年も経たずに的中することになる——

僕と千代子はこうして菊池家に居候《いそうろう》することになった。清は村の者に「入り婿《むこ》みたいなもんだ」と説明したようだ。

この頃には村の若者が徐々に召集され、何かと男手が不足していたので、僕が心配していたほどは村人に怪しまれなかったのが助かった。村に残った両親も兄も、弟については固く口を閉ざしている。見捨てるみたいで苦しかったが、そうするしかない。

僕は翌日以降、菊池家の一員として田畑を耕し、それ以外では村や菊池家での清の仕事を手伝う。

千代子も不自由な足で炊事、掃除、洗濯を頑張っていた。清や僕、村の者が農作業の休憩時間になると、麦飯の握り飯を笑顔で持ってくる。

夜明けから一日中働くせいか、そんな日の夕飯は格段に美味《うま》い。

ある夕方。積み上げた藁塚《わらづか》の前に腰掛け、僕と千代子はふたりで握り飯を頬張っていた。清も奥様、坊ちゃま、お嬢様と、久しぶりに笑って食事を取っている。

「千代子の握り飯は美味《うま》いな。麦飯になると、なお美味《うま》い」

もう白米すら貴重品だ。オムライス、ライスカレー、シチューにビフテキなどは、遠い夢の中のものに感じる。

僕が最後の一口を呑み込むのを確かめると、千代子は急に辺りを見回しつつ、こっそりと懐《ふところ》から何かを取り出した。

「政秋さん、ほら、これ」

なんと、すっかり貴重品となった茹《ゆ》で卵《たまご》だ。

「兄さんがひとつくれたんです」

千代子は心から嬉しそうだった。殻を剥《む》いて僕に渡してくれたのだが、僕はすぐにその卵をふたつに割り、「ほら」と半分を差し出す。彼女は「そんな」と首を横に振った。

「私はいいんです。女なんですから。政秋さんが召しあがってください」

「いいから、いいから」

千代子が断れない性格なのをいいことに、彼女の口に茹《ゆ》で卵《たまご》を押し込む。やはり、たんぱく源はたまらない味だったのだろう。千代子は「もうひわけありまひぇん」と言いつつ、結局最後には美味《おい》しそうに呑み込んだ。それから目を細めて夕焼け空を見上げる。西には、オムライスと同じ色の金色の太陽が輝いていた。

「いつかまた、銀座の料理店へ行きましょう」

千代子は花が咲くようなあの笑顔を見せる。

「ああ、オムライスを食べたいな」

どれだけ貧しくとも千代子がそばにいてくれる――こうした穏やかな日々が続けば、どれほどよかっただろう。だが、時代が、誰にもどうにもできない大きな流れが、それを許さなかった。

翌年ついに、僕に赤紙――召集令状が届いたのだ。

早朝、農作業を始めた頃にその知らせはやってきた。鍬《くわ》を持って清とともに畑に出ていたところ、自転車を止めた青年ふたりが「あっ」と声を上げ、僕の顔を確認する。そして、恭《うやうや》しく捧げ持った紙を差し出したのだ。

「おめでとうございます。動員がかかりました」

「は……あ……!?」

呆然として鍬《くわ》を落とし、声を発したのは僕ではなく清だった。だが、僕は清を手で制して丁重にそれを受け取る。

「ありがとうございます。確かにお受けしました」

これまでの戦争では召集を免《まぬが》れたものの、思想犯の身内ともなれば、こうなっても不思議ではない。

清はその日の帰り道で「なんで」と繰り返し呟《つぶや》いていた。

「なんで、なんで政ちゃんが……」

僕の召集を知らされた千代子は、真っ昼間だというのに部屋に閉じ籠《こも》り、日中は部屋から出てこようとはせず、そのまま微熱を出して寝込んでしまった。

「まったくなあ」

清は茶の間で水を啜《すす》りながら溜息をつく。

「千代子も随分しっかりしたと思ったが、さすがにこれは……」

外からは村の青年の勇ましい、「やったぞ」という声、「おめでとう」という声が聞こえる。彼にも召集令状が届き、友人同士で祝っているらしい。

そうした騒音に眉を顰《ひそ》めながら、清は呻《うな》り声《ごえ》を上げつつ腕を組んだ。

「どう考えたっておかしい。若い奴ならともかく、政ちゃんがなんて。兵隊がそんなに足らんのか？　なあ、政ちゃん、大きな声では言えんが、召集されずに済む方法がある。あのな――」

「いけません」

僕は湯呑の水を一気に呷《あお》り、首を横に振った。

「そのような考えは今すぐ捨ててください。人に聞かれたらどう言い訳するんですか。僕が行かなければ、また別の誰かが行くだけでしょう。それに、少年ですら志願兵となっている今、僕が行かねば誰が行くというのです。日本男児の恥にはなりたくありません」

清はついに耐え切れなくなったのか、湯呑を倒して立ち上がる。そして、僕を睨《にら》んだ。荒い息が繰り返し吐き出され、目は見開かれている。

「あのなあ、政ちゃん、俺は、他の奴なんてどうでもいい!! そこいらのガキなど、どうでもいいんだ!! 政ちゃんさえずっとここにいてくれればそれでいいんじゃ!!」

清が小作人の次男坊にすぎない僕を、身内のように、弟のように、友のように可愛がり、頼りにしてくれていることは、短くはない年月の中で痛いほどわかっている。

だからこそ、僕は告げなければならない。

「清様、それでも今はどの家も同じです。……同じなんです。僕との前の約束を覚えていますか？」

清がはっとして僕の目を見つめる。僕は畳に手をつき深々と頭を下げた。

「どうぞ千代子をよろしくお願いします」


千代子は、一週間後に僕が入隊するまで、ほとんど寝込んで過ごしていた。気持ちの問題だけではなく、本当に具合が悪いらしく、僕は毎日のように彼女の面倒をみる。

いよいよ入隊前の最後の夜、僕は奥の襖《ふすま》をそっと開けて、ひとり布団《ふとん》の上に横たわる千代子に声を掛けた。襖《ふすま》の隙間から入り込む月の明かりが、彼女の青ざめた頬を照《て》らし出している。

「千代子、起きているかい」

彼女は何も言わない。まだ眠っているのだろう。

僕は千代子の頭を子どもにするように撫《な》で、枕元に散らばる艶《つや》やかな黒髪を掬《すく》った。夫婦となって以来、もう何度こうしたかわからない。僕はこの長い髪に触れるのが好きだった。

「無事帰れたら、またオムライスを食べに行こうか。僕はライスカレーがいい」

明朝には令状が来た全員でこの村を出て、指定の列車に乗らなければならないので、これが出征前の別れの言葉となるだろう。千代子と少しでも話したかったが、寝込んでいるのでは仕方がなかった。せめて夢の中で届くようにと耳元に囁《ささや》く。

「そうしたら、また銀座の街を歩こう。今度は劇場に行くのもいいね。一等前の席を頼もう」

キラキラ輝く銀座のネオンが色鮮やかに思い浮かぶ。けれども、ネオンよりも、街灯よりも、夜空に浮かぶ星よりも、何よりも輝いていたのは千代子の微笑《ほほえ》みだった。

最後に布団《ふとん》を直してやって、出ていこうとしたそのときだ。

「――政秋さん」

ふいに手首を掴まれ、驚いて振り返る。千代子が体を起こして僕の腕を握っていた。

澄んだ茶の瞳が真っ直ぐに僕に向けられている。

「……どこへ行くのですか？」

今さら何を言っているのだろうか。千代子を宥《なだ》めなければと向き直る。

「ちょいとお国のために戦ってくるんだよ。なあに、誰でもやっているし、新しい勤め先みたいなものだ」

千代子は唇を噛み締めて顔を伏せた。髪が乱れて少々こけた頬にかかる。

「私は、何もわかりません。でも、これだけは知っています。隣村の吉住《よしずみ》さんのご長男は支那から帰ってこなかった。西の外れの森村《もりむら》さんは末の息子さんが満州《まんしゅう》で亡くなった。……骨の一欠片《かけら》も戻ってこない」

東京ではろくな食料もなく、僕たちみたいに、郷里に舞い戻っている者も多くいると聞く。それだけではなく、こんな遠く離れた農村ですら朝も、昼も、夜も、空気がどこか重く暗い。戦況が悪化していることは、もう軍部も隠し切れなくなっている。

「千代子、帰ってきた者もいただろう。相変わらず心配性だなあ。僕が信じられないのかい？」

「……政秋さんは、本当に信じてほしいとき、そんなことを私に聞かなかった」

千代子は今まで見たこともない表情をしていた。ひどく切羽《せっぱ》詰まっていて、怯《おび》えているようにも見える。

「政秋さん、お国とはそんなに大切ですか」

「何を言っているんだ、千代子。そんなことを聞いてはいけない」

身内以外に聞かれていたら大変だ。千代子までもが睨《にら》まれることは避けたい。ところが、彼女は僕の言うことを聞こうとはしなかった。僕の手首を両手で痛いほど握り締める。

「兄さんよりも、私よりも……この子よりも大切なのですか？」

僕は、その言葉にあまりに驚いて、しばし何も言うことができなかった。

「子……？」

千代子が僕の手の平をそっと着物越しの腹に当てる。

「できたんです。来年には生まれるそうです」

今まで寝込んでいたのはそのせいだったのだそうだ。気分が悪く吐いてしまうのだという。

「行かないでください。この子を最初に抱いてください。ずっと私のそばにいてください。お願いです。お願いです」

僕の手を握り締め、その上に熱い涙を落とす。

「お願いですから。私、政秋さんがいないと歩けないんです」

千代子が、幼子が母を求めるように何もかもをかなぐり捨てて、全身全霊で僕を求めているのを感じた。だから、僕はそれに応えたいと彼女を抱き締める。いつかそうしたみたいに背中をぽんぽんと叩《たた》いた。

彼女は十分、三十分と泣きじゃくるうちに、次第に疲れて眠くなってきたらしい。腹に子がいることで栄養や体力を奪われているのだろう。やがて、僕にもたれかかったまま瞼《まぶた》を閉じ、しばらくして、うつらうつらと寝入る。

僕は千代子の体を横たえ布団《ふとん》を掛けると、そっと腹の辺りに手を置き溜息をついた。

「そうか……子ができたのか……」

僕は、所詮小作人の息子でしかない。田畑を耕して、食って、寝て、それだけで終わるはずだった人生が、菊池様や清に出会って学歴をいただき、千代子という伴侶を得る。これほど幸せなことがあるだろうか。

そして、子ができたと知った今、新たな欲が湧いてくる。

「帰ってきたら、必ず三人であの料理店へ行こう。お子さまランチもあるといいが」

玉砕する覚悟すらしていたのだが、とんとそんな気はなくなってしまった。是が非でも日本を勝利に導き、妻と子のもとに戻ると誓う。もう一度千代子の腹を撫《な》でる。

「それまで僕の代わりに母さんを守って、助けてくれよ」

その翌日、僕は眠る千代子を残して村を出ると、数ヶ月の軍事訓練を経たのちに兵隊となり、内地から遠く離れた南方の名もなき島へ出征した。

──僕は濃い、牛の乳のような霧《きり》の中を、歩兵銃を担《かつ》いで歩いていた。もう軍服はボロボロになっており、眼鏡のレンズも左側が割れている。

三日前から泥水以外啜《すす》っていないせいか、ひどく腹《はら》が減って今にも倒れそうだ。だが、そうなれば二度と起き上がれないという確信がある。歯を食い縛り、幽鬼みたいな足取りで前へ進む。

いつの間に部隊から逸《はぐ》れてしまったのか。それに、ここは一体どこなのだ。あの南の島にこんな濃い霧《きり》は出なかった。あるいは夢でも見ているのか。

　ああ、そうだ。何もかも夢だったのかもしれない。隊長が蜂《はち》の巣《す》にされて死んだのも、まだ十九歳の仲間が粉々になって爆死したのも、撃たれた仲間が「お母さん」と泣いて死んだのも、きっと何もかもが悪い夢だったのだ。

目が覚めれば隣では千代子が笑っていて、週末にはいつものようにあの料理店へ行き、ふたりでオムライスを笑い合いながら食べる。

だが、どう目を覚ませばいいのかが、わからない。こうしてずっと霧《きり》の中を歩き続けるしかなかった。

途方に暮れつつ、銃を担《かつ》ぎ直《なお》して顔を上げる。すると、思いがけないことが起こった。

突然、音もなく霧《きり》が晴れ、次いでキリスト教のものと思われる、精緻《せいち》で優美な教会が現れたのだ。

白い壁には汚れもひびもなく、水色の屋根の尖塔《せんとう》の頂上には、十字架が掲げられている。この戦地にキリスト教の教会はなかったはずだ。あったとしても破壊されているだろうに。

幻覚を見ているのかと思ったが、目を擦《こす》ってもその幻覚は揺らがなかった。

「どうして、こんなところに……」

いよいよおかしくなったのか、あるいは狐《きつね》か狸《たぬき》に化かされているのか。いや、あの島には鳥くらいしかいなかった。

信じられない思いで扉を開ける。

中もやはり白い壁で明るく見えた。床には赤い絨毯《じゅうたん》が敷かれ、左右には木製の長椅子がずらりと並び、間に人ふたりが通れるほどの通路がある。奥には祭壇が設《もう》けられ、十字架に磔《はりつけ》にされ茨《いばら》の冠《かんむり》を被《かぶ》った、痩《や》せこけた男の像が掲げられていた。拷問《ごうもん》され苦しいだろうに、男の表情は不思議と穏やかだ。

そして、その像に仕えるしもべのように、六十歳ほどの灰色の髪、青い目の白人がひとり立っていた。黒い詰襟《つめえり》の奇妙なコートを身に纏《まと》っている。胸には銀の十字架が輝き、腕に分厚い書物を抱えていた。

銃を構えて突き付けたのに、男はまったくたじろいだ様子を見せない。それどころかコツコツと足音を立てて、こちらに近づいてきた。

「まあまあ……落ち着いて、挨拶《あいさつ》くらいさせてください。……ふむ。君はどうやら私のいた頃より、少々後の時代の日本からいらした方ですね」

なんと日本語だ。僕は一層警戒し、男から距離を取る。

「お前は……何者だ。何人《なにじん》だ？」

僕を油断させようという敵の策略なのだろうか。すると、僕の考えを読み取ったかのように、男は肩を竦《すく》めて「グレーツと申します。オーストリア＝ハンガリー出身ですよ」と答えた。

「オーストリア＝ハンガリー？」

オーストリア＝ハンガリー帝国はもうない。だが、オーストリアはどうか知らないものの、ハンガリーならドイツに協力的だったはずだった。

僕は銃を引いて謝罪の姿勢を取った。

「……なら、いい。大変失礼いたしました。お聞きしたいのですが、こちらはどこなのでしょうか？　なぜジャングルの真ん中に教会が？」

僕は、ほんの少し前まで戦場にいた。広がる青い空に、飛び交う色鮮やかな鳥たち。

青々としたジャングルが目に眩《まぶ》しい天国のような島だ。なのに人間が、そこを銃弾と轟音が飛び交い硝煙《しょうえん》の香りと死臭の漂《ただよ》う地獄に変えた。

グレーツはゆっくりと身を翻《ひるがえ》して像を見上げる。

「ここは時もなく場もない、あの世とこの世の間です。死した者だけが来ることができる」

「な……」

「君は、あの戦場で射殺されたのですよ。ほんの一瞬の出来事でしたので、記憶にないのかもしれませんね」

首を横に振り、何を馬鹿なと言いかけて、頭と胸から血を流しているのに気付く。心臓を撃ち抜かれているのを悟って青ざめた。生きているのがありえない状況だ。

僕は、亡霊となってしまったのだろうか。それとも、これも悪い夢なのか。

我が身に起こったことが信じられず、言葉もない僕にグレーツが語り掛けてくる。

「私は、そうですね……導き手みたいなものです。君のように道に迷った魂《たましい》の最後の願いを叶え、神の御許《みもと》へ送る。それが私の役割です」

死後目にするのは三途《さんず》の川か、あるいは幽世《かくりょ》の門の前なのかと疑問だったが、まさかキリスト教の使いが待っていたとは思わなかった。

混乱し、立ち尽くす僕をグレーツが宥《なだ》める。

「どうぞ落ち着いてください。この教会も私の姿も、私の望んだ形だからというだけです」

何を言っているのかが理解できずに目を瞬《またた》かせる。グレーツはそんな僕に笑みを見せた。飾られている像と同じ穏やかな笑みだ。

「ここは私とゆきが出会い、結婚式を挙げた日本の教会です。彼女が私に会いに来てくれるとしたら、ここしかなかったのです」

「ゆき……？」

「……日本へ残してきた私の妻です。時代と国籍と身分が、私たちが生涯を共にするのを許しませんでした」

妻と聞いて千代子の笑顔を思い出す。何を覚えていなくとも、それだけは覚えていた。

「千代子、そうだ、千代子はっ、千代子はどうなった⁉　日本はどうなった⁉」

戦地にも時々入ってきた情報で、日本にアメリカ軍の空襲があったこと、大規模な被害となったことを聞いている。

「千代子は生きているのか⁉」

「あなたの未練も、残してきた妻ですか」

「千代子……‼」

グレーツは教会から飛び出そうとする僕の肩を押さえた。　十字を切り、僕の額に人差し指を当ててこう告げる。

「君に一時《いっとき》の祝福を与えましょう」

七色の光が飛び散り、僕の体を包み込んだ。

「なっ……」

「思いが叶えられるといいですね……」

――子どもの声が聞こえる。きっとまだ五、六歳の元気な男の子だ。同時にどたばたとやかましい音がした。何事なのかと振り返ると、短く髪を刈った子どもが駆けてくる。

「母ちゃん、母ちゃん、おやつは⁉」

我に返ったのはその子どもが、僕の体をすり抜けたからだ。

「な……」

度肝を抜かれて我が身を見下ろすと、なんと半分透《す》けている。あの子には僕が見えないのだろう。

「かあちゃーん‼」

子どもはどたばたと廊下を抜け、奥の部屋の戸を開けた。決して高価なものではなさそうだが、その清潔なシャツと半ズボンを見て、子を思う親に育てられているのだと察せられる。

それはともかく、ここはどこなのかと中を見回す。僕は、見たこともない古い家の中にいた。菊池家の屋敷でも千代子と東京で暮らした貸家でもない。

戸惑《とまど》う僕の耳に聞き慣れた、だがより力強い愛《いと》しい声が届く。

「こらっ、タカちゃん、静かにしなさい！」

中から杖《つえ》をついた女が姿を現す。なんと、千代子だった。長かった髪を短く切っており、ブラウスにスカート姿だ。僕の知る彼女よりずっと落ち着き、大人びている。

「伯父さんが来ているんだからね。いい子にしていないと、お小遣いもらえないよ」

タカちゃんと呼ばれた子どもはぐっと言葉に詰まり、「でも、お腹空《なかす》いたんだもん」と拗《す》ねたように答える。千代子は苦笑しながら子どもの頭を撫《な》でた。

「台所の戸棚にふかしイモがあるから。塩つけて食べなさい。でも、食べすぎちゃダメだからね。今夜はタカちゃんの大好きなオムライスだよ」

「オムライス……!!」

子どもはぱっと顔を輝かせたかと思うと、「うん！」と頷《うなず》いてくるりと身を翻《ひるがえ》し、やはり、僕をすり抜けて行ってしまった。

僕が、震える足取りで千代子の後をついていくと、茶の間らしきちゃぶ台の置かれた部屋で、少々老けた清が胡坐《あぐら》を掻いてくつろいでいる。清の背後の戸棚の隙間に置かれた小さな仏壇に、息を呑んで目を見開いた。手前に背広を身に纏《まと》った僕の写真と、真鍮《しんちゅう》の花瓶に挿《さ》された花が置かれている。

声もない僕に気付くこともなく、千代子は清の向かいに腰掛け、「あの通り元気でね」と苦笑した。清は「いやいや、いいことだ」と歯を見せて笑う。

「しかし、政高《まさたか》は政ちゃんにそっくりになってきたなあ……」

「あの子ね、手前味噌ですけど、頭もいいんですよ。ほんと、政秋さんそっくり。試験でまだ満点以外を取ったことがないんです」

「おお、そうかそうか」

清と千代子にも僕の姿は見えないらしい。茶を飲みながら世間話に花を咲かす。けれど、やがて清が切り出した。

「ところでな、千代子。前の話の竹芝《たけしば》さんとの件はどうだ。考えてくれたか？」

「……」

「政高は俺が引き取る。なんも心配いらん。政ちゃんとお前の子じゃ。しっかり育ててやる。だからな、お前もまだ三十代なんじゃし、そろそろ自分のことを考えんと。向こうさんはな、金もあるしいい方じゃ。何よりお前に惚《ほ》れとる。これ以上の条件はないぞ」

千代子は答えの代わりに首をゆっくりと横に振った。困ったように笑い湯呑を手に取る。

「そうしたお話は全部断ってください。兄さんだって政高を引き取る余裕はないでしょう？　もう田んぼも畑もそんなにありませんし、いくら兄さんでも、迷惑はかけられません」

ところが、清も引き下がるつもりはないようだ。

「そうもいかん。政ちゃんに頼まれたんじゃ。万が一生きて帰れなかったときには、お前に再婚のあてを用意しておいてくれって。お前に惚《ほ》れとる優しい男にしてくれって頼まれたんじゃ。それに、その足で女ひとりじゃ何かとつらかろう」

それでも、千代子はまったくたじろがない。背筋を伸ばし凛《りん》としたその姿は、何物にも揺るがない強い意志を感じさせた。お茶の水面に目を落とし微笑《ほほえ》む。

「歩けないわけではありませんし、ちゃんと働くこともできます。政秋さんの遺してくれたお金もありますし、親子ふたりなんとかやっていけています。何より、もう戦争も終わって爆弾も落ちてきませんし、白いご飯だって食べられるんです」

「だけどな……」

そして千代子は瞼《まぶた》を閉じて呟《つぶや》いた。

「兄さん、私ね、政秋さんとオムライスを初めて食べたあの日の気持ちのままなんです。……このままがいいんです。いつか政秋さんが迎えに来てくれたとき、また肩を抱いてくれるのを待ちたいんです。そして、今度こそふたりであの料理店へ行って……」

「千代子、お前……」

「お願いです。私の最初で最後のわがままだと思ってくれませんか。私がおばあちゃんになってあの世に行ったら、兄さんの代わりに謝っておきますから」

最初で最後のわがままと聞き、千代子の決意はかたいと悟ったのだろう。

「……そうか」

清は溜息をつき、空《から》になった湯呑の底に目を落とした。

「お前はそれで幸せなんだな？」

千代子はゆっくりと目を開けると、あの花の咲くみたいな笑顔を見せる。

「ええ、兄さん」

僕は、耐え切れずに千代子に手を伸ばしてその名を呼んだ。

『――千代子!!』

「えっ……」

千代子が驚いたように振り返る。ところが、その手を取ろうとした直後、千代子も、清も、政高も、茶の間もすべてがぐるりと反転し、気が付くと再びあの教会にいた。

四つん這《よ》《ば》いになり唇を噛み締める僕の肩に、グレーツの手が静かに置かれる。

「どうして……」

「……申し訳ない。私にはもう力があまり残っていなかったのでしょう。あなたを実体化させることすらできない。どうやら、いよいよ時が来たらしい」

僕は、グレーツの言葉など聞いてはいなかった。起き上がり彼の胸倉《むなぐら》を掴む。

「僕はこれからどうなる。千代子はどうなるんだ⁉」

グレーツは少しも慌てず静かにこう答えた。

「千代子さんはまだ寿命が残されている。……君にはふたつの選択肢があります」

「選択肢？」

「ひとつは、未練を断ち切って天界へ行き、神のご意志に従うこと」

僕はごくりと息を呑んだ。

「……それは、成仏《じょうぶつ》するということなのか？」

「そうですね。仏教ではそのように表現するのでしょう」

それでは、千代子に二度と会えない。ならば、仏と成ってどれほどの意味があるのか。悟りを開く気など、ちっともない。妻のたったひとつのわがままも叶えられず、僕の人生は一体なんのためにあったのか。

グレーツは絶望した僕の目をじっと見つめた。

「そして、もうひとつの道は、あなたが新たな導き手となることです。ここは、意志あるまま留《とど》まり死者を待つことが許される、たったひとつの場所です。ただし――」

言葉を切り教会の扉に目を向ける。

「代償が必要となる」

グレーツの青い瞳に再び僕が映され、僕はその色を深い海みたいだと感じた。何年にも亘《わた》ってつらさ、悲しさ、苦しさなどの思いを心の底に沈め続けた色だ。

「それは私の……君の魂《たましい》そのものです。その力を削って迷える多くの魂《たましい》を導くことで、この場にいる権利を与えられる。その手段しか、許されない」

そうする間に当然魂《たましい》は徐々に力を失い、変質し、神、仏、あるいは何者かの定めた生と死の理《ことわり》から外れ、消滅してしまうことすらあるのだそうだ。おまけに、すべての死者がここにやってくるとは限らない。

「私も現に、先代の導き手と同様、ゆきに会えないままこうして消滅しつつあります。もう少しだけでいい。妻を待っていたかったのですが……」

僕はグレーツの左手が光となって糸のように解《ほど》け中空に溶けていくのを目の当《ま》たり《あ》にして、目を瞬《またた》かせた。

「あなたは、それでもここで千代子さんを待ちたいと望みますか」

すでに死んでいるのにもかかわらず、沈黙に対する緊張で頭が痛む。人は、死しても楽にはなれないのだと愕然《がくぜん》とした。常に選択を迫られ、選ばなければならない。

そして、ようやく僕が口を開いたのと同時に、扉が軋《きし》む音を立てて開かれる。何者が来たのかとグレーツと揃って振り返った。

「あのう、すみません」

昔はさぞ美しかっただろうと思わせる、結い上げた白髪《しらが》に着物姿の老婆が姿を現す。けれど、その着物は随分奇妙だった。若い娘が身に纏《まと》う振り袖なのだ。

「お忙しいところを、すみません。待ち合わせをしていたはずなのですが……」

グレーツが老婆を目にし、「ゆき……」と掠《かす》れる声で僕の知らぬ名を呼んだ。その目はもはや僕を通り過ぎ、かの老婆だけを見つめていた。

老婆は口を押さえて震えつつ、「……ヨーゼフさん？」と絶句する。

「ああ、そうだ。私だ」

次の瞬間、温かな風がさあっと建て物の内を通り抜け、ふたりから過ぎ去った年月を瞬《またた》く間《ま》に奪い去った。金髪碧眼《きんぱつへきがん》の古風な紳士服の青年と、艶《あで》やかな結綿《ゆいわた》の黒髪の少女へと変化させる。

グレーツと少女は何かに導かれるかのように、どちらともなく手に手を取り見つめ合い、次いでひしと抱き合う。少女がグレーツの胸に顔を埋《うず》めながら呟《つぶや》いた。

「お約束した通り、あの日の衣装で参りました。ヨーゼフさん、今度こそ私を連れていってくださいな」

グレーツは何も言わずに少女の髪に頬を埋《うず》めている。少女はそんなグレーツの背を優しく撫《な》で瞼《まぶた》を閉じた。観音菩薩《かんのんぼさつ》よりもはるかに慈悲深い、人の過《あやま》ちのすべてを許した表情で。

「んもう、相変わらず泣き虫なのですね。本当に困ったお方」

次の瞬間、ふたりの体が強く輝いたと思うと、分かちがたいひとつの光となり、音もなく七色の欠片《かけら》となって呆気なく四散する。

あとには呆然と佇《たたず》むみすぼらしい僕と、わずかな光の破片だけが残された。僕は、消えゆくその光を目で追いつつ、誰もいないその場でひとり声を失う。

どれだけの時が過ぎたのだろうか。いいや、ここには時などというものはなかった。

そうか、グレーツはゆきに会えたのかと、静まり返った教会内を見回す。ふたりは死を越えて約束を守ったのだ。誰にも理解できなくとも僕にだけはわかった。

ならば、僕はどうだろうか。

ああ、そうだ。千代子のためならどうとなっても後悔はない。僕は、君の生涯でたったひとつの君のわがままを叶えたい。思えば君と恋に落ちた料理店での日から、そのためだけに生きてきたのだ。

そう決心がついた途端、教会がぐにゃりと歪《ゆが》んで、白い壁は薄緑に、絨毯《じゅうたん》は琥珀《こはく》色《いろ》の木の床に、いくつもの長椅子はテーブルと椅子に、祭壇と男の像は窓と照明に変化する。千代子と通ったあの料理店そのものだ。

同時に、歩兵銃が煌《きら》めいて革張りのメニュー表に、軍服があの料理店の支配人のものへ姿を変える。壊れた眼鏡もいつの間にか新しいものになっていた。

「そうか……そういう、ことだったのか。望んだ形とは、こういうことだったのか」

自分の役割がどんなものなのか、誰に教えられなくとも理解できた。

◇◆◇◆◇

あれから何人ものお客様をこのレストランから送り出したが、毎日磨く皿に映る自分の顔に皺《しわ》が増えることも、髪が次第に白くなることもない。僕の姿は千代子と別れたあの年のままだ。

だが、あれからいくつもの料理と同じだけの人の生き方を知り、その魂《たましい》をまっさらにして輪廻《りんね》の輪に返すうちに、彼らの記憶の数だけ心が年を取っていった。忘れないこと――それが僕に課せられた使命なのだろう。

支配人となったばかりの頃と今とでは、心の在り方が確実に変わっている。

どのような人間にも人生があり、心があり、生きる理由があるのだと知った今、誰かを許せない、裁きたい、罰したい、あるいは怒りや憎しみといった感情を失くしてしまった。

残ったのは、命の儚《はかな》さへの哀しみと千代子への思いだ。そのふたつだけが僕が人間だった証《あかし》だった。グレーツもそうだったのだと思う。僕は今、きっと彼と同じ目をしている。

いつか、千代子に会える日が来るのだろうか。結婚したばかりの頃のように、彼女と笑ってオムライスを食べる日が。

あの花が咲いたみたいな笑顔を思いながら、僕は今日もお客様を出迎えるために、メニューを手に微笑《ほほえ》みを浮かべる。

「いらっしゃいませ。私は当店の支配人、鏡と申します。あなたはこのレストランが開店して、何人目のお客様になるのでしょうか?」

東京下町にひっそりとある、居酒屋「ぼったくり」。
名に似合わずお得なその店には、旨い酒と美味しい
料理、そして今時珍しい義理人情がある——
旨いものと人々のふれあいを描いた短編連作小説、
待望の文庫化!
全国の銘酒情報、簡単なつまみの作り方も満載!

◉文庫判 ◉各定価:670円+税 ◉illustration:しわすだ **大人気シリーズ待望の文庫化!**

君の小説が読みたい

玄武聡一郎

アルファポリス
ミステリー小説大賞
受賞作家、
渾身の新作！

『だって君は、6日後に
死ぬんだから』

唐突な死の宣告。その謎を解く鍵は
すべて彼女が握っていた

君は一週間後に死ぬ——ある日、突然現れた茉莉花と名乗る女性は、僕にそう告げた。彼女は、僕の「死」をトリガーに、何百回とタイムリープを繰り返しているらしい。そこから逃れるには僕を救うしかない、と。その日を境に、犯人を捜すと言ってきかない彼女に振り回される騒がしい毎日が始まった。二人の容疑者。迫る、死の刻。そして、迎えた6日後——物語のラストには、僕の死と彼女の正体に関わる思いがけない秘密が待っていた——

◎定価：本体640円+税　◎ISBN：978-4-434-27425-1　◎Illustration：和遥キナ

最愛の母を亡くし、天涯孤独の身となった高校生のひなこ。悲しみに暮れる中、出会ったのは、端整な顔立ちをした男性。生前、母は彼の家で通いのハウスキーパーをしていたというのだが、なんと彼は、ひなこに契約結婚を持ちかけてきて——
訳アリ夫＋連れ子四人と一緒に、今日から、契約家族はじめます！　ひとつ屋根の下で綴られる、ハートフル・ストーリー！

◎定価：本体640円＋税　◎ISBN978-4-434-27423-7

◉illustration:加々見絵里

『受け継ぐものに贈ります』。柊木すみかが、そう書かれたレシピ帖を見つけたのは、大学入学を機に、亡き祖父母の家で一人暮らしを始めてすぐの頃。料理初心者の彼女だけれど、祖母が遺したレシピをもとにごはんを作るうちに、周囲には次第に、たくさんの人と笑顔が集まるようになって――「ちらし寿司と団欒」、「笑顔になれるロール白菜」、「パイナップルきんとんの甘い罠」など、季節に寄り添う食事と日々の暮らしを綴った連作短編集。

◉定価：本体640円＋税　◉ISBN:978-4-434-27040-6　◉Illustration：ゆうこ

沖田弥子
Yako Okita

みちのく
銀山温泉

あやかしお宿の若女将になりました

暖簾の向こう側は

あやかしたちがくつろぐ秘湯!?

祖父の実家である、銀山温泉の宿「花湯屋」で働くことになった、花野優香。大正ロマン溢れるその宿で待ち構えていたのは、なんと手のひらサイズの小鬼たち。驚く優香に衝撃の事実を告げたのは従業員兼、神の使いでもある圭史郎。彼いわく、ここは代々当主が、あやかしをもてなしてきた宿らしい!?　さらには「あやかし使い」末裔の若女将となることを頼まれて——訳ありのあやかしたちのために新米若女将が大奮闘！　心温まるお宿ファンタジー。

沖田弥子

あやかしお宿の若女将になりました

創作系総合サイト主催
大賞
受賞作!!
親も友達も代理戦争なんて
大けがをしてから真面目に「秘密の物語」アルファポリスより

あやかしたちがくつろぐ秘湯!?

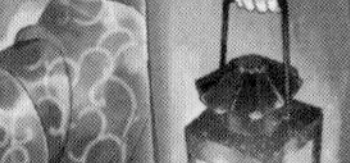

●定価:本体640円+税　　●ISBN:978-4-434-26148-0　　　　　　　　　　　●Illustration:乃希

銀山温泉の宿「花湯屋」で働く若女将の花野優香。「あやかし使い」の末裔として、あやかしのお客様が抱える悩みを解決すべく、奔走する毎日を過ごしている。ある日、彼女は地元の花火大会に行こうと、従業員兼神の使いである圭史郎を誘う。けれど彼は気乗りしないようで、おまけに少し様子がおかしい。そんな中、優香は偶然半世紀前のアルバムに、今と変わらぬ姿の圭史郎を見つける。どうやら彼には秘密があるようで——!?　心温まるお宿ファンタジー、待望のシリーズ第2弾！

◉定価：本体640円＋税　◉ISBN:978-4-434-27183-0

◉Illustration：乃希

本書は、2018年11月当社より単行本「死に神のレストラン」として刊行されたものを改稿・改題の上、文庫化したものです。


この作品に対する皆様のご意見・ご感想をお待ちしております。

おハガキ・お手紙は以下の宛先にお送りください。

【宛先】

〒150-6008 東京都渋谷区恵比寿4-20-3 恵比寿ｶﾞｰﾃﾞﾝﾌﾟﾚｲｽﾀﾜｰ 8F
（株）アルファポリス　書籍感想係

メールフォームでのご意見・ご感想は右のＱＲコードから、
あるいは以下のワードで検索をかけてください。

アルファポリス　書籍の感想　検索

ご感想はこちらから

アルファポリス文庫

神《かみ》さまのレストラン

東 万里央（あずま まりお）

2020年　6月　30日初版発行

編集－黒倉あゆ子
発行者－梶本雄介
発行所－株式会社アルファポリス
〒150-6008東京都渋谷区恵比寿4-20-3 恵比寿ｶﾞｰﾃﾞﾝﾌﾟﾚｲｽﾀﾜｰ8F
TEL 03-6277-1601（営業）　03-6277-1602（編集）
URL https://www.alphapolis.co.jp/
発売元－株式会社星雲社（共同出版社・流通責任出版社）
〒112-0005 東京都文京区水道1-3-30
TEL 03-3868-3275
装丁イラスト－イシヤマアズサ
装丁・中面デザイン－AFTERGLOW
印刷－中央精版印刷株式会社

価格はカバーに表示されてあります。
落丁乱丁の場合はアルファポリスまでご連絡ください。
送料は小社負担でお取り替えします。
©Mario Azuma 2020.Printed in Japan
ISBN978-4-434-27447-3 C0193